特别狠心特别爱

TEBIE HENXIN TEBIE AI

父爱是一种智慧

FUAI SHI YI ZHONG ZHIHUI

沙拉 著

jieli 接力出版社
Publishing House

图书在版编目（CIP）数据

特别狠心特别爱. 父爱是一种智慧 ／ 沙拉著.— 南宁：接力出版社，2019.5
ISBN 978-7-5448-6030-7

Ⅰ. ①特… Ⅱ. ①沙… Ⅲ. ①纪实文学－中国－当代 Ⅳ. ① I25

中国版本图书馆 CIP 数据核字（2019）第 055090 号

责任编辑：楚亚男　特约编辑：陈艾妮　装帧设计：许继云
责任校对：杜伟娜　高　雅　责任监印：刘　冬
社长：黄　俭　总编辑：白　冰
出版发行：接力出版社　社址：广西南宁市园湖南路 9 号　邮编：530022
电话：010-65546561（发行部）　传真：010-65545210（发行部）
http://www.jielibj.com　E-mail: jieli@jielibook.com
经销：新华书店　印制：唐山嘉德印刷有限公司
开本：710 毫米 ×1000 毫米　1/16　印张：12.75　字数：137 千字
版次：2019 年 5 月第 1 版　印次：2023 年 7 月第 10 次印刷
印数：85 001—95 000 册　定价：49.00 元

时任以色列总理拉宾
亲切接见沙拉

《鲁豫有约》报道沙拉的传奇育儿经：
想当"富翁的妈妈"

目录

推荐序一　万物皆有裂痕，那是光进来的地方　/ 007

推荐序二　一个有爱有恨、有血有肉的奇女子　/ 009

第一章　生命中最重要的支点——我的父亲　/ 011

成谜的父女身世　/ 013

战乱期犹太人的诺亚方舟　/ 017

往事不堪回首的缄默民族　/ 021

第二章　生活中的教养课——父亲教我的选择哲学　/ 025

快乐买菜日的“选择哲学”　/ 027

那些不属于你的东西，再漂亮也别去碰　/ 031

停电之夜的严肃安全教育　/ 034

总统的礼貌不能不如一个农夫　/ 038

可以不学钢琴，但是不能不学做人　/ 041

和父亲一起喝下午茶，童年最美好的时光　/ 044

要能做“豌豆公主”，也要能睡柴房　/ 047

第三章　失去庇护的日子：父亲给予的坚忍让我直面风雨　/ 051

留在中国的硕果仅存的犹太人　/ 053

离奇复杂的家庭关系：不求真相，只求自保　/ 057

身为铜厂女工，20 年自食其力　/ 062

人生中最大的噩梦——我的养母　/ 068

浪漫少女的精神世界：在四大名著中感悟人生　/ 073

为逃离养母家而结婚，如泉涌的母爱让我乐为人母　/ 080

困境之中，才知谁是真朋友　/ 086

第四章　代父寻根：带着三个孩子去以色列　/ 089

天哪，历史竟然如此惊人的相似　/ 091

拉宾接见“中国第一个移民以色列的犹太后裔”　/ 098

朝思暮想的国度，并非想象中的“伊甸园”　/ 103

不希望三个孩子坐同一架飞机　/ 108

由十里洋场来到偏远小镇谢莫纳：落差太大的打击　/ 111

睡在纸板上的第一夜：从天黑期待天明　/ 114

直面战火，战争经历让我的孩子们学会坚强 / 118

三次死里逃生的震撼经历 / 122

孩子们好像学不会希伯来语？ / 127

春卷生意，带动开中餐厅的想法 / 132

音响失窃，单枪匹马智闯阿拉伯区 / 135

在以色列警察局做志愿者，协助以色列警方破案 / 139

等待孩子当兵的空转岁月 / 145

第五章 铭记父亲的教导，坚定选择自己的人生路 / 151

留在以色列，还是回中国？ / 153

重新爱上大上海 / 158

我对这世界，能做何贡献？ / 165

在以色列的“沙拉妈妈”，在中国上海的眼科义工 / 167

鞋盒里的卡片竟让我成为畅销书作家 / 174

难忘的监狱演讲 / 177

女承父志：滴水之恩，当涌泉相报 / 181

做一件好事并不难，难得的是一辈子做好事 / 186

不爱旅行，竟成为环游世界的老太太 / 189
幸福不是一道证明题，而是一种满足感 / 194

附录 犹太父亲留给女儿的 27 条智慧金句 / 197
后记 两代人的回归梦 / 201

万物皆有裂痕，那是光进来的地方

上海市人大常委会委员
内务司法委员会副主任委员
上海文化发展基金会理事长
陈　东

很多年前，我第一次看到沙拉是在舞台上，当晚，她是我们五一晚会邀请的嘉宾。她在台上朗诵自创的一首诗后，在座的所有人都非常感动。我是一个喜欢挖掘故事的人，认为能够打动大家的表演一定有真实的人生故事做支撑。

沙拉是个有创作天分、能说善道，又特别爱表达的人。后来我们逐步加深认识，我发现她是一个思想很前卫的女性，她特别愿意认识不同的人，热情到可以说对他人没有什么防范意识，一见面就会跟你讲很多自己的故事。她特别善于学习，爱读书，我们那一代人都很熟悉的欧美文学作品、苏联文学作品，她都读得很熟，如《德伯家的苔丝》《静静的顿河》《飘》《战争与和平》……我们有共同的阅读习惯，都曾如饥似渴地去看改革开放后的很多文学名著，所以我们非常谈得来。

她长着一副外国人相貌，一看就知道她是个混血儿，很多人因此会用特别的眼光去看她，而她似乎已经习惯了。事实上，她因自己的背景而自豪，总会立即告诉别人："我是犹太人，我有一半犹太人的血统。但我也是中国人，我的家在中国。"在政治上，她热爱中国，忠于共产党；在生活上，她是"千面女郎"。不管面前的人来自商会、工会还是妇联，不管是老人还是小孩，不管是商人还是出租车司机，她都能第一时间与他们搭上话。阅历丰富的她，懂得在不同的场合怎样说话得体。

至于在非正式场合，她可能会展现她的另一面——一个"喷发"型的人。记忆中最好玩的一次就是，我们在以色列海法一家华人餐厅用餐，纪念中以友好城市的那帮朋友都是第一次见到她，她就非常热情地"喷发"了。她展示出自己的语言才能，从1数到10，用苏北话说，用宁波话说，用上海话说，用普通话说……她把英语、希伯来语、中国各地方言切换得如此自如，当下就迷倒了所有团员，大家都认为她的表演像脱口秀一样精彩。她也是个跳跃性的人物，所以你在不同时间、不同场合会看到她的许多面，这就是沙拉的独特之处。

她的最大特点，就是她有跨文化的能力，是少有的"双文化人"。她会自然地在脑中切换思想与语言，就像用遥控器轻松切换电视频道一样。比如说，讲到以色列，她会非常严肃；但讲到中国，她就充满激情。这是特别的经历和血缘造成的。以她这样的年龄和经历，我非常期待她把自己的心得与经历跟大家分享，这会使很多人从中获益。

她有风光与顺利的一面，肯定也有坎坷的一面，诚如吟游诗人莱昂纳德·科恩所说："万物皆有裂痕，那是光进来的地方。"她对裂痕有最乐观、最积极的解释，认为那就是上天给予她光及营养的通路。唯有让阳光照进来，才会有蓬勃的生机。祝贺沙拉新书上市，相信她独特、传奇的经历和故事能让广大读者从中获益。

一个有爱有恨、有血有肉的奇女子

作家、画家
陈艾妮

与沙拉结识，是在北京一次“学习型中国”活动中共同担任讲师。那次论坛上的讲师还有靳羽西、张德芬等人，而我和沙拉在会场就“一见钟情”，回到上海“再见定终生”，成为情同姐妹的密友。

看沙拉，从不同的距离及角度，我相信大家会看到截然不同的人。站在远处的人，会看到她是个主张鲜明、说话声音超大的犹太裔社交名人；走近一点，你会看到一个热心公益、语言流利甚至有点聒噪的老太太；唯有像我这样近距离看她，你才会知道她其实是个非常宅、安静本分、只管过自己的小日子的中国妈妈。我经常与她谈心，也曾住在她家，通过她的真实生活场景，我看到一个喜欢窝在厨房炖一大锅笋干肉（因为要分送给朋友及儿媳妇）、不厌其烦地叮嘱阿姨做菜的详细步骤、在阳台上花大半天整理衣物与盆栽的家庭主妇。我看到的是，一个在外为陌生人打抱不平，但在自己的生活圈里逆来顺受的传统女人。

对坏人，她疾恶如仇，不假颜色；对弱者，她顿时变成温柔暖心的妈妈或姐姐；她也常常难以控制自己的急躁脾气，为了正义公理，可以当场爆发冲天怒火……身为犹太人与中国人的混合体，我看到了她的大气，也看到了她的小气。要解读性格这么奇特的人，必须要了解她的人生经历。不凡的经历，重大的考验，当然造就的不是一般人；要理解这一点，才能懂得欣赏她。在她的传奇故事中，最让我神往敬佩的，就是她背着柴刀把失窃的音响找回来的经历，想想，有几个人能做到？

认识她之后，从“大我”的角度说，她的人生故事提升了我对国家意识、文化认同、融入定位的高度；从“中我”的角度说，她使我更深刻地认识中国这些年来的飞速发展；从“小我”的角度说，她更是一个让我学习另类生存学、一生难得遇见的亦师亦友亦亲的知己，曾有人在她的面前说我的坏话，她就力战群雄，为了我和五个人吵架。更不合常理的是，同行相忌相轻，她的畅销书《特别狠心特别爱》讲的是中国与以色列融合的家教，我的演讲主题是“家庭幸福工程”，她竟然到处推广我的课程，积极向邀请她的单位推荐我，希望我能与她同台。她不嫉妒，还天天想着和我合作办学校，一起旅行，一起养老……她的种种异类行为，常常让我惊讶、感动不已。

她就是这么个复杂的人：有血有肉，爱憎分明！我常觉得和她做朋友，有一种穿越惊涛骇浪的感觉，出门不知会遇到什么事她就又挺身而出，只能说，她的思想及速度太超前了。我与她相处，互动上常有一惊一乍的桥段，可以说，跟她做朋友是非常刺激的。但我也觉得，与其和一百个平庸的人做朋友，不如和这样一个奇女子深交能学到的多。我宁愿继续被她“刺激”，因为这样我也会不断提升。我非常感谢她，也庆幸自己今生能结交到这样的知己。

在此，预祝她的这本新书能感动、启发更多人，并祝她：好人一生平安，让幸福追上她！

第一章

生命中最重要的支点——我的父亲

我提出“特别狠心特别爱”的教育方式，其实很大一部分原因是受到我的犹太父亲的影响，而父亲其实只陪伴了我12年……

成谜的父女身世

我，是一个出生在中国的白种人，有一个犹太血统的父亲。

1950 年，新中国成立的第二年，我出生在上海市虹口区大名路的家中，那时我的父亲已经 60 岁了。年幼时第一个缤纷的记忆场景，就是我家的两层花园别墅——在大名路与南浔路的交会处，附近就是美丽的外白渡桥。别墅的花园里，绿色的草坪上点缀着鲜花，童年时代的我最喜欢在院子里采花追蝶，也喜欢在头上戴着花环，像希腊古典少女一样美丽动人。

不知忧愁与人间风云的小小的我，不懂得国籍、人种、文化的差异问题，当时只知道自己就是备受父亲宠爱并由他悉心调教的单纯快乐的小女孩。那时，我穿的都是真丝面料的衣服，袖子长长的，我还记得我最爱的衣服是一件深紫色的裙子，我冬天穿的大衣也是父亲托人从苏联买来的。小时候，父亲并没有让我参与他的生意，不过他经常在领导人或外事机构举办活动时，带我出席一些晚宴。参加这些高规格的晚宴，让我渐渐知道该怎么穿衣服，该怎么走路。我永远不会走在我父亲的前面，哪怕他拉着我的手，我都会比他慢半步，走在他的后面。

回想我的童年，我和邻家小孩一起接受共产主义教育，看《儿童时代》，读毛主席的著作，听解放军英雄故事，学愚公移山的精神，在我的小小躯体里，种下的是新中国好少年的红色种子。童年时代的生活平静，优渥，充满新中国的气象，父亲让我在安稳的生活空间里，过着简单快乐的日子。

虽然我出生在上海的弄堂里，但由于我的长相及家庭环境，我从小就知道自己与众不同。我的身世，对我而言，一直是个谜！因为我父亲——立维·伊马斯先生的身世本身就是个谜！

父亲从不曾正面告诉我他完整的人生经历与详细过程，但我拼拼凑凑地知道，20 世纪 30 年代，父亲是因为受德国纳粹的迫害，在“水晶之夜”*事件后，经由德国和波兰的边界、通过西伯利亚逃出来，一路颠沛流离来到中国上海落脚的。上海继接纳了上万名犹太人后，再一次接纳了大批没有家园的犹太难民。客居上海这个诺亚方舟的人群中，就包括了我的父亲。由 40 岁一直到 72 岁，父亲在中国度过了整整 32 年。

非常幸运，他凭借犹太人的韧性与智慧闯出了一片天地，我们过上了富足平安的日子。那时候家里很富裕，虽然我完全没有享受到母爱，但有

---

* 水晶之夜：是指 1938 年 11 月 9 日至 10 日凌晨，希特勒青年团、盖世太保和党卫军袭击德国和奥地利的犹太人的事件。“水晶之夜”事件标志着纳粹对犹太人有组织的屠杀的开始。

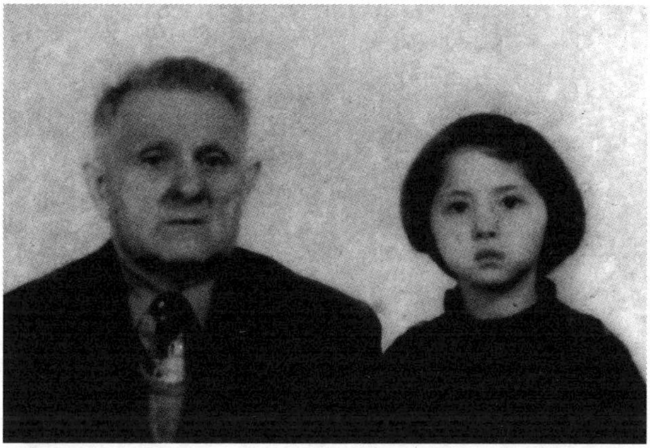

我与父亲仅存的珍贵合影

了父亲，我就拥有了一片天，同时拥有了无忧无虑的快乐童年。

父亲的专长是做生意，我记得父亲开过一家酒吧和一家名叫“沙利文”的面包店，都卖摇手柄制成的手工面包。父亲也曾在海关工作，他有许多在海关工作的中国朋友，所以我从小就对领港员很熟悉，常常拿着领港员的望远镜玩。他自己开店时，在旧上海最热闹的虹口码头，有许多外国船员来来往往，他们都会给父亲送来世界各国的高档货物，我看到的就有茶叶、酒、瑞士钟表、地毯、军毯、雪茄等。

父亲是个长袖善舞的生意人，我耳濡目染，从小就熟悉做买卖。我小时候看见过最高级的相机、最好的波斯地毯……我到现在还记得那些缤纷的颜色以及超棒的触感，还有地毯的行话——360 道、780 道、1200 道的密度道数，我很小就懂了。我不但从小见过高档的地毯，也见过高档的油画、高档的雪茄、高档的红酒、最好的威士忌。印象最深刻的，是父亲枕头旁边用来宣誓的、开本很大、他出门时经常随身携带的蓝色本子及羊皮书……

父亲的教育，使我对生命的意义有了至深的理解。人生有很多支点：我们的婚姻、我们的家庭、我们的工作、我们的事业……这些都是我们人生的支点。我认为，没有哪一个支点比生命更重要。敬畏生命是人一生中必须要懂得的，而敬畏父母就是人生支点的顶梁柱。

我的父亲是一位很有修养、很有教养、非常有智慧的犹太老人，他在我非常小的时候，就对我进行了许多生命教育，让我终生难忘，并且受用无穷。我的父亲，是我生命中最重要的支点。

战乱期犹太人的诺亚方舟

曾经，中国接纳了上万名犹太人，其中就包括我的父亲。我和父亲，一老一小，两个有犹太血统的人，能在中国落地生活，都要感谢上海对我们的接纳。1933 年，希特勒的反犹太运动愈演愈烈，纳粹掀起迫害、屠杀犹太人的狂潮，1935 年的《纽伦堡法案》公布后，犹太人丧失了公民权及人权，接着，2 万多人被关入集中营。1938 年，纳粹侵吞奥地利后，掀起了新一轮排犹太浪潮。1938 年 7 月埃维昂会议后，各国的移民政策收紧，纷纷出逃的犹太人无处可去。

当所有国家都紧闭大门时，世界上唯一向犹太人敞开怀抱的东方大城市，就是上海。1938 年 11 月 9 日，德国各地的犹太商店、会堂、公墓一一被摧毁，当天有上万块玻璃被砸碎，这一天被称为“水晶之夜”，科学家如爱因斯坦、学者如弗洛伊德等人都在那个阶段被迫离开自己的家乡。而上海自开埠后，就是个非常开放的城市，而且租界又是个特殊的地方，因此上海的公共租界和法租界成了一座孤岛，进入不需要签证，也不需要经济担保，于是在口耳相传之下，德国、中欧、东欧许多被关进过集中营而身无分文的犹太人有了一个去处。在风声鹤唳时，中国驻维也纳总领事签放签证，拯救了数千名犹太人，被称为“救命签证”。中国及时伸出的救援之手，就是在漫无边际的黑暗中闪耀出的人性光辉。最终，有六百万犹太人在欧洲被屠杀，而逃亡成功的犹太人分批来到上海，上海成为“二战”时期上万名犹太人客居的诺亚方舟，成为犹太人的流亡地。

日军来沪再临劫难，被集中到虹口提篮桥

但在1941年12月8日太平洋战争爆发后，日本占领了上海租界，这让犹太难民再次陷入困境与劫难。日本在1942年2月发布限定居住令后的3个月，大批犹太人被强迫集中到虹口提篮桥地区的“犹太难民隔离区”。本来也是要用“最后解决方案”来处理当时上海的这批犹太难民，但最后采用的是这种方式：在虹口提篮桥这个地方，设立无国界难民限定居住区。有些则和美国公民、英国公民、荷兰公民一起被关进英国侨民居留营。当时街上常有饿死的人和要饭的人，但是他们只要想到在集中营的生活，就觉得在上海落难还是非常幸运的。这批人在这里住了两年半，日本投降了才重获自由。犹太民族的悲惨命运，一再考验着犹太人的生存能力。

犹太民族是热爱生活的民族，“二战”落难，数万名犹太人为何选择了完全陌生的中国？我猜是因为在中国有友人。世界上两大最聪明的民族，都有这种惺惺相惜的特质。当年，我的父辈们来到中国上海，他们不

是正规的移民，他们是逃难，在中国提供的这个诺亚方舟上，他们是风雨飘摇的生命。

我有幸出生在中国，所以我接受的教育是多元的、混杂的。在外面，我和普通的小朋友一起接受社会主义教育，信仰共产主义，能说正宗的普通话和上海话，甚至苏北话。但在家里，我接触的都是浓浓的犹太文化。留在中国、见证中以历史、身为犹太后裔的我，是流落到中国的逃亡者的第二代，我的父亲给我的最宝贵的财富、最无价的遗产之一，就是犹太人的智慧和信仰。1948 年，以色列建国，大量子民回国，因为犹太人的向心力很强。

父亲教给我许多犹太礼俗，还有古老的希伯来语“衣地喜语”，所以，我们最常用的沟通语言就是衣地喜语，其次才是英语和汉语。他用犹太人的母语对我说话，我也不知道为什么我会懂，所以，我能和犹太联合会里的犹太人用衣地喜语或英语交流。父亲总是叫我“沙拉吉”，“吉”的意思就是宝贝；我也不是叫他“爸爸”，而是叫“阿爸”，非常亲密的叫法。

犹太人为上海带来多元文化

历史总会留下足迹，中国社会科学院曾对那段历史做了研究，肯定了犹太人为中国做出的贡献。比如，上海早一些的高级照相馆、西餐厅、咖啡馆都是犹太人开的；在建筑、音乐方面，犹太人带来了文化交流的许多素材。一座城市的繁荣，需要一定的多元文化。当初来到中国的数万名犹太人，多半是精英，有商人、科学家、文学家、艺术家、工程师等。

他们在中国停留的岁月里，也把自己的专业及美德留在了中国上海。我认为，东方国家对以色列文化最了解的就应该是中国了。难民不是平民，也不是贫民。无能无势的人是难民，而像我父亲这辈来到中国的人，有许多是带着钱财、带着人才、带着智慧来的。

今天上海之所以这么有魅力，我认为是因为它的文化开放，包容。有资料记载，在新四军里就有犹太医生。后来这些犹太人去了世界各地或回到了以色列，目前应该都已去世了，而最后留在中国的最多四五人。这些都是我后来才知道的事，而我父亲的故事，我也只记得情节片段，某种程度上，父亲到底是哪里人，曾经有过什么成就，父亲从来都没有完完整整地说给我听……

往事不堪回首的缄默民族

小时候，我曾看到父亲的手腕上有五个数字的刺青，我好奇地问他，他淡淡地回答："那是犹太人在德国用来喝水的号码……"我问他是否曾被关进过集中营，他没有回答，我想他是不想说。还有一次，我看到他背上有深深的疤痕，问他这是什么，他才告诉我，他在逃过边境时，遇到了铁丝网，他就在天寒地冻中徒手扒开雪和土挖了个坑，计划等到天黑时再逃过去。好不容易把坑挖好后，他把西装及衬衣小心地卷起来推过去，自己再光着身子忍着寒冷由坑里钻过去。他说："西装破了，就不能再穿，我需要穿得不让人知道我是一个逃出来的难民，所以衣服一定要保持完好。我知道，那些锐利的铁丝会剐破我，但皮肤会再长的。"

凭着父亲的这些只言片语，我推测他应该是在离开德国、波兰后，没有坐船走海路，而是选择了走陆路。难怪这套旧西装，他一直把它挂在房间的橱柜里，没有送给别人。他曾把这套旧西装拿给我看，里面的暗袋能装许多钱，他让我知道钱要怎么藏好。

他还告诉我一件让我一生对“萝卜”有特殊感情的事。他说，他经过苏联时正值冬天，雪非常厚，根本就找不到食物。他挖开厚厚的雪找食物，在深深的泥土层下找到了一根萝卜。他说，若没有那根萝卜，他应该早就饿死了。父亲是走陆路逃生成功的，后来我才知道，在那个年代，富有的犹太人会用金银财宝去换取避难用的签证，听说用一包钻石换一个签证是很常见的。不过，拿到签证不等于是有了生命延续的保证，因为有些人即使有了签证，却在海上漂泊了数十天也不能上岸。好在上海不需要签证，这个海派文化的城市仁慈地接纳了许多犹太人。

父亲应该是穿过西伯利亚，先到了东北，好像在哈尔滨有一段时间做过铁路工人，但他觉得没有归属感，所以继续向南走。等到了上海，感受到上海的开放气氛，觉得和上海有缘分，觉得这是个安全之地，于是就此定居。父亲有非常好的修养举止，他用带来的钱在中国创造了财富。我不喜欢人们说犹太难民都是穷人，因为难民不见得是穷人，只是政治名称而已。小时候的我把父亲简直当作神一般，觉得他好能干，好有智慧，因为他会讲俄语、德语、波兰语、英语……他懂十多种语言，能跟世界各国不同阶层的人用不同的语言沟通，我虽然听不懂，但总是以崇拜的眼神静静地看着他们交谈。

父亲还曾告诉我这样一件事：他去工厂购买面粉，回来的路上经过一座桥，桥头有一些日本人，因为他不喜欢日本人，所以没有给他们脱帽敬礼，于是有一个日本人冲上去就给了他一个耳光，但是他还是没有敬礼。那天他戴着一顶很昂贵的帽子，虽然被日本人的巴掌打飞了，但他也没有低下身子去捡，任由帽子掉在地上。他后来告诉我：“这里不是日本人的国家，我和他们一样都是外国人，我没有理由向他们脱帽敬礼。他们是侵略者，我更不该向他们屈服。帽子可以丢掉，我的尊严不能丢！”我的父亲始终以身作则，一再向我展示并教导我有礼貌、教养和尊严，我相信，他在欧洲的时候，一定是个令人尊敬的贵族。父亲曾经有过什么事业，出生在哪座城市，有过什么样的人生，遭遇过什么磨难，之前是否结过婚生过小孩，也就是我是否有兄弟姐妹……对我而言，是永远的谜。

其他的犹太家族也多半如此，比如那家苏联人应该也算是贵族，因为他们生活很富裕，连我这个小孩都看得出来，但他们从来不讲过去。物以类聚，人以群分，我父亲接触的那些人，多半是经济条件较好、知识水平高、生活品位不俗的。但我家认识的那些犹太人，不管是富裕贫穷，职业是教授、工人、磨剪刀的或卖肥皂的，没有一个人会跟其他人谈及他们在故国的经历。他们，包括我父亲，从不谈论他们在欧洲经历过什么。当时在中国的大部分犹太人几乎都避而不谈从纳粹手中逃出来的过程，连他们曾有过什么样的生活与环境，也从不主动提及。我感觉到父亲不想拉开这层帘幕，所以懂事的我也很少问他。如今想来，必定是往事不堪回首……我感觉到，他们就是很踏实地过着每一天的日子，他们会讨论今天的面包是怎么做的、怎么这么好吃，今天的奶茶很好喝、是哪里的茶……就是不谈他们经历过的苦难，也从没听过他们的控诉。犹太民族经过几千年的流离失所，失去家园，屡遭屠戮，是一个充满悲情且缄默的民族。

在人类历史上，犹太民族遭受迫害的时间最长，影响范围最广。从古埃及的暴政到希特勒的疯狂灭杀，这个民族的生存故事充满了血泪。但是，他们没有因为被驱赶而灭亡，始终恪守着犹太人的信仰，保持着文化传统和民族习俗，永存一颗感恩的心。与中国人有着不解之缘的犹太人，之所以引起全世界的关注，正因为他们沉重的历史、苦难的命运和不朽的民族信仰。

犹太人历尽浩劫而坚忍不拔，缄默且悲情，但是仍然相信未来，热爱生活，讲究生活品位，这就是犹太民族的特质。

第二章

生活中的教养课
——父亲教我的选择哲学

我的父亲是一位很有修养也非常有智慧的犹太老人，他在我非常小的时候，就给予我许多生命教育，教会我选择的哲学，让我终生难忘并且受用无穷。

快乐买菜日的“选择哲学”

儿时的回忆中最快乐的，就是父亲带着我到苏联领事馆去看电影。除此之外，我最期待的就是星期天的“买菜日”了。

在我十岁生日那天，我父亲跟我说：“沙拉，今天是你生日，我想带你去菜场买菜。”那时我们还住在花园洋房里，有司机、保姆和大厨，买菜的事情其实根本不需要我去。但是父亲一直觉得自己活不到我十二岁生日那天，所以尽管那天他的血压非常高，但他吃完降压药，仍拄着拐杖带我去买菜。

他虽然是个男人，但非常喜欢亲自采买，而且一面挑一面评价：“很便宜，很新鲜。”到菜场买东西，对我而言，不只是“刘姥姥进大观园”的快乐时光，可以看到各种各样的蔬果鱼肉，更棒的是父亲在买菜前就告诉我要买什么，要我写出购物清单，这是让我觉得有趣的工作。我用歪歪扭扭的笔迹写出购物清单：黄瓜、青菜、鱼、大蒜、葱……每次必买的就是黄瓜。

菜场就像人生，要学会比较

那时候他 70 岁，我 10 岁。他拿着一个大的草包篮子，我拿着一个小的草包篮子来放鸡蛋。一进菜场，我就看到了非常新鲜的青菜、颜色亮丽的辣椒，还有红红的番茄。我特别急切地说："爸爸，快买，快买这个！"

可是我父亲没有听我的话，他没有马上就买，只是拎着菜篮子带我慢慢地从每一个摊位前走过。我觉得很奇怪，就问爸爸为什么。

他跟我讲：**"人生如同菜场，不要一看到东西就马上把它买下来，你必须要再走下去，看别的摊位，你要学会比较。"**

于是我们接着走，走到了另外一个摊位，我发现里面摊位的番茄比外面看到的还要大，还要红，看上去还要诱人。我父亲说："孩子，现在你可以买了。"当我去挑选的时候，父亲嘱咐道："你必须注意你的行为，你必须轻轻地拿，别翻。"

他告诉我："走过这个菜场（人生路），再回去时，不是走回同样的一个口，人生从进去到出来，它会是不同的路口，所以必须要非常认真地观察、等待，不要急躁。"父亲给我的教育，都是从生活切入的。

空间就是机会

那时候，3 块钱就可以买满满一篮食物，父亲借机教育我："菜篮子就是你的容器，这个容器是不可能变大的，它只是一个规定的容器，如同时间，一天只有 24 小时，不会变短，也不会变长。”

父亲继续讲：“如果你没有对比，你只是第一次看见辣椒就觉得这个辣椒很好，当你走过去，发现另外一处的辣椒比这里的更好，可是你的篮子里已经放了辣椒，你还能再放辣椒吗？”我说：“不能。”

父亲教我的不只是要比较价钱和质量，他在教我人生非常重要的一堂课——空间就是机会，成本也是机会。你花了成本买了东西，就是放弃了其他的机会。人生也是这样，我们每个人都需要空间，如果每个人都把自己的人生完全填满，就没有空间去寻找自己想要的生活了。

父亲带我买鸡时，很明确地跟服务员说要一只 3 斤左右的母鸡，然后买好走了。父亲告诉我说：“凡是你需要的东西，在没有挑选空间的前提下，你必须清楚地告诉别人你的需要，而不是‘随便’。”

故意买一些品质较差的菜

父亲买菜不着急，总是慢挑细选，但最后却会故意买一些品质较差的菜，好奇怪！我问他为什么，父亲告诉我：“如果每个人都拿更好的，那么这些不太好的要卖给谁呢？”要包容自己跟别人的缺点，这就是父亲给我的教育。这也是为什么我教育我的孩子时，会交代他们“先挑一个有问题的梨”，先要协助小贩处理掉坏的蔬果，再去挑好的，这是父亲给我的教育。

选择菜场门口买葱

父亲从来不会跟小贩讨价还价，更不会像一般家庭主妇那样，买完菜再要求多加一根葱。反而，他每次都会在菜场的门口另外买几根葱。

我问他：“父亲，为什么里面那么多葱你不买，要在外面买？”他回答我：“里面是正儿八经的商贩，但是外面卖菜的人也要生活，没有摊位的菜贩也是人。”所以，我们每次都是在菜场外面的摊子上买葱和姜。在外面摆摊的多半是老头子和老太婆，遇到特别老的婆婆时，他还会多买两根葱。

鸡蛋如同友谊，要小心呵护

鸡蛋是最后买的，这也意味着人生的顺序。买鸡蛋的时候，父亲把鸡蛋轻轻地放入我的小篮子，跟我讲：“鸡蛋就像你将来要走的人生路。你得记住，菜篮里菜的位置是可以随便换的，但是鸡蛋不可以。如果你把鸡蛋跟硬的东西挤在一起，鸡蛋就会碎，如同友谊，它们都很脆弱。你跟所有人交朋友时，都要小心翼翼，因为他不是你的亲人，没有义务原谅你的过错。而我会原谅你所有的过错，因为我是你的亲人。**鸡蛋如同友谊，经不起磕碰，所以要小心呵护和同学之间的友谊，千万不要用言语去伤害别人。**言语就像石头，很硬很硬，一不小心就把鸡蛋给砸了。”

这大概是我人生当中经历过的，直至现在我都不太敢讲出来的事。回家以后，父亲让我写了篇关于买菜的日记。这篇日记陪伴了我很长时间，大概有四五十年。

而今我快 70 岁了，回想起父亲的话，明白其实他告诉了我一个非常重要的人生道理，就是空间与机会的辩证关系。当时父亲讲的可能也有婚姻的意思，但是当时我年纪太小，不懂，所以我后来感慨，如果当时听懂父亲的话，可能会少走一些弯路。

那些不属于你的东西，再漂亮也别去碰

我们每一个人都崇尚美，都希望拥有一切美好的东西。但是，父亲却告诉我：**“这个世界你不是唯一的，你不可能得到你想要的所有东西。世界万物都有自己的生存逻辑，我们要心存敬畏，而不是去占有它，更不能去破坏它。”**

那是1961年的夏季，我11岁。上海的夏日特别闷热，窗外花园里的梧桐树上趴了很多知了，在那闷热的下午不停鼓噪着“热死啦，热死啦”。

客厅的木质百叶窗紧闭着，风扇将风打在大冰块上，屋内因而变得凉快起来。保持午休习惯的父亲，依然半躺在大沙发上闭目养神，留声机里放送着门德尔松的《乘着歌声的翅膀》。音乐在屋内每个角落回荡，但是音量并不大，屋外的人未必能听见里面的声响。

通常像我那样大的女孩子，都喜欢花园里的花草和蝴蝶。父亲在午休，我也不想在大热天看书，而是躲避着保姆的眼睛，趁着送冰块的工人进出的机会，悄悄溜进了花园。我追逐着翩翩起舞的蝴蝶，在树根周围的泥沙里挖蚯蚓。忽然，从我头顶的梧桐树上跌落下一样小东西，我凑近一看，原来是一只漂亮的毛毛虫。它那色彩斑斓的躯体，在泥沙里慢慢蠕动着，我感觉它特别可怜和可爱，于是，我就用手把它捉到了手心里，想让保姆将它装在瓶子里，好好地饲养它长大。

这一抓不要紧，毛毛虫愤怒地竖起浑身的刺直接扎向我的手心，手很快红肿起来，疼得我浑身打战，直掉眼泪，却不敢放声大哭大叫。

我们并不知道，当我们按照自己的逻辑考虑，一厢情愿地豢养某种生命的时候，其实我们已经冒犯了生命的自然法则，侵害了生命的生存权利。毛毛虫使出浑身的解数，见招拆招，抵御侵害，不惜用自己的生命作为代价，来捍卫自己生命的尊严。

我强忍着疼痛，憋着眼泪，奔进客厅求助于父亲。在从小的家教中，没有谁应该或必须为你服务，我们无论求助于谁，都必须表达歉意，哪怕你求助的这个人是自己的父母。“父亲，对不起，打扰你休息了，你能帮我把这些刺拔掉吗？”父亲赶快坐起，看一眼我红肿的小手，赶紧去取小药箱，并迅速地用酒精为我消毒……

父亲戴着一副老花镜，小心翼翼地帮我一根一根拔刺，我看出父亲心疼我，但是他对我痛出眼泪的样子佯装视而不见，并且没有说半句心疼安慰的话语。

在我们通常的儿童教育中，对孩子这次顽皮惹的祸，父母要么就是怪罪毛毛虫，恨不得一脚踩死它，不然就是呵斥孩子自作自受，将其冷落一边随他哭闹。犹太人的教育方式，则更在于首先解决问题，而后在解决问题的过程中因势利导，循循善诱。

父亲帮我处理好伤口，用纱布包扎我红肿的小手，然后慈爱地问我："疼不疼？"他一边用清凉的水为我擦脸，一边开始教育我，这红肿的手就是我破坏生命必须要承受的疼痛代价。父亲温和地让我坐在他的身边，和颜悦色地对我说：**"亲爱的沙拉，你一定要记住了，你是爸爸的唯一，你是这个家的唯一，但是你绝对不是这个世界的唯一。在世界上，有太多可爱漂亮的东西，有太多你喜欢的东西，都不是你想要就能要的。你不可以放任自己的好奇心，不能随心所欲地去触碰它们，去占有它们，特别是一个女孩子，做任何事情都要三思。那些不属于你的东西，再漂亮也千万别去碰。敬畏大自然里每一个生命，这是一个人最大的美德。"**

父亲在一番语重心长的教育后，才将我紧紧地搂进怀里，在我幼小的心灵里，注入了满满的爱。一只漂亮的毛毛虫，居然给了我那么大的刺痛，同时也让我收获了毕生的生存准则，那就是一个背井离乡的犹太老人在异国他乡对爱女的拳拳之心，即遇事要三思而行，凡事要懂得退让，要以敬畏之心看待世界，既要尊重别人的权利，也要守住自己的生存空间。

通过毛毛虫这个事件，父亲教育我懂得尊重每一个生命，善待周围每一个人，感恩这个国家和这里的人民对犹太民族的尊重和爱护。因为在这个世界上，不管你是喜，是怒，是哀，是乐，你都不可能是唯一的，所以，我们不能以自己为中心，以自己的利益作为唯一评判标准。你是自己的唯一，或许还是家庭的唯一，但绝对不是世界的唯一，所以我们要学会尊重生命，学会宽容，学会敬畏！

停电之夜的严肃安全教育

我们家的卧室在三楼，父亲睡在大间，我睡在大间外面的一间屋子。通常我们晚上 9 点上床睡觉。因为我年幼时胆小怕黑，所以都是开灯睡觉的，这个习惯持续到今天。

有一天晚上，突然停电了，我顿时处于一片漆黑中。我立即从自己的小床上跳了起来，光着脚跳到我父亲的床上等待灯亮。来电后，我回去穿好鞋，父亲给了我终生难忘、现在我也告诉我的孩子们的教诲。

父亲眼神凝重地对我说：“在一个漆黑的晚上，你千万不要去开你不熟悉的门，或许里面就是凶杀案现场。”他又说，“遇到困难时，你可以待在原地不动，但千万不要自以为聪明地去开别人的房门，不要乱闯别人的房间，即使那里的灯亮着。”我好奇地问他：“为什么？”他说：“因为你根本不知道那个房间里有什么。**凡是未知的事情，都会有风险。**你不确定那里面有没有凶杀案，有没有人会陷害你，而只要你的手碰上去，门把上就会留下你的指纹。孩子，今天你跳上我的床，进入我的房间，这里不会有危险。但是你要记得，将来你的生活里也许会有。”

长大后的我，渐渐明白了他讲这段话的意思，因此，在我的一生里，凡是我不熟悉的房间，我决不进去，更不要说做用手去开门、探头张望之类的动作了。我之所以从不曾无缘无故地卷入是非，是因为父亲很早就让我明白：冲动的人、没有危机意识的人，是别人最容易加害的对象。

为什么我对这段话印象如此深刻？因为那天父亲表现出了犹太人教育中少有的温情。他很少会搂着我，但是他那天搂着我的手如此有力，他的眼神如此凝重，让我终生铭记。

老父亲教小女儿：人生与择偶的安全之道

他也曾告诉我一句当时我不怎么懂的话：“**任何事都有可能发生，好事坏事都有可能。所以，发生任何事情时，Don't be true, be clever。**”我的进一步解读是：不要完全诚实，因为有时说实话帮不到对方和自己；要做聪明的事，说聪明的话。

父亲对我的教育方式很独特。比如，一般家长都会告诉孩子不要去碰电，担心孩子触电，教育的方法往往是讲道理。但他不是给我讲道理，而是做实验给我看。他先把开关拆下来，用一个电笔点一点，房内的灯就亮了；接着，他再用另外一根电线一碰，房间的灯立即都黑了，吓了我一大跳。然后他在没灯的房间里拿起早就准备好的手电筒，走到电表前把事先也准备好的保险丝再插上去，然后整个房间又亮了。他不用说太多，就把我吓了好大一跳，我从此就决不碰危险的东西。

当时，我的老父亲可能感觉自己时日无多，所以很早就告诉了年幼的我，长大后该怎么做一个女人。他告诉我："人生的路很长，永远不要忘记，你会成为一个很漂亮的姑娘，你会有很多机会认识男性。记得：在交往时，哪怕是别人帮你介绍的男朋友，也一定不要让对方恨你，哪怕这个人你很不喜欢。再不喜欢的人，你也要很客气地拒绝。不管是别人介绍的，还是自己认识的，你都要笑嘻嘻地面对。你可以选择下次不去见面，你可以有 100 个理由不去，但是这一次一直到握手说再见时都要面带微笑，给人足够的尊重。即使你心里很不喜欢他，也不要任性。"

他提醒我："千万不要给别人留下恶的印象，为人一定要有礼貌，要豁达。光明不是每个人都可以拥有的，但是豁达和磊落你可以做到。"父亲真的很厉害，我那么小，就教给我女性的许多规范。他教我拒绝男人时一定要有礼貌，要非常客气。男女交往时，说话要有分寸，因为如果羞辱一个男人的话，可能会引来杀身之祸。想想一些社会新闻，恋爱不成后，男方就把女方杀掉了。我的老父亲，竟然在我还是小女孩时，就告诉我如何拒绝男士的追求。

"沙拉，你以后会选择男人，一定不要看他的经济条件，你要看的是那个人是否在意你，是否知道你的需求。知道你需求的人，才是爱你的人！比如，如果一个人知道你爱吃鸡蛋，他发现冰箱里没有鸡蛋了，知道你很忙，能在你还没有发现鸡蛋快没了时就买回来新的鸡蛋，这样的人就是爱你的人。孩子，你要找这样一个关注你并且尊重你的人。"

记得别人对你 1% 的好

还有一次，父亲对我说：“**千万不要轻易去恨一个人。**如果运气不好，你遇上一个对你很不好的人，那你要想想他是否曾经对你好。哪怕他有那么一次对你好，你就要学会记住他的那一次好，而不要记住他的 99 次不好。人和人相处，有 100 次机会对你好，若只有一次不好，更不要记恨。如果你恨他，只会给你带来更多的恨，因为我们根本就经不起恨别人以及被别人恨，我们要学会爱别人，学会尊重所有人。做人不可以任性，因为任性是不幸的祸根。”

总统的礼貌不能不如一个农夫

林肯是美国伟大的解放黑奴的总统，有一年，林肯和他的儿子开着敞篷车在旷野中行驶。突然，林肯看见前面有一个农夫脱下帽子拿着汗巾在向他挥手。林肯看到了这个稻田中的农夫，立即脱帽向他回敬。林肯的儿子搞不懂，说："父亲，他只是一个黑奴，一个被您解放的黑奴，而您作为一国的总统，为什么也要跟他一样脱帽呢？我觉得您不应该脱帽，您的回应太隆重了。"林肯给他儿子的回答很简单，他说："儿子，你希望你的父亲连一个农夫的礼貌都不如吗？"

我父亲在我 11 岁那年给我讲了这个故事，这个故事陪伴了我的一生。我后来成为上海市的"慈善之星"，我也特别感激早已在天堂的父亲的教导，因为良好的家教是人生最好的起点，父亲一直教导我养成各种优秀的品格。

记得有一天早上，我们的保姆扬州阿姨帮我梳头发。当时没有发蜡，阿姨是用刨木头刨下来的木屑泡一个晚上得到的刨花水来帮我梳头，那刨花水黏黏的，我疼得嗷嗷叫。我知道父亲听到了，但他什么也没说。我不敢向父亲抱怨，只是忍不住痛而大声叫。我知道父亲的习惯，他绝对不会在事情发生的当时，有其他人在的时候教训我。他是一个处理家庭问题的高手，总是在问题发生的时候不参与的。用现在管理艺术方面的说法，这就叫“冷处理”。

当时父亲没说话，但到中午吃完饭后，父亲就叫我过去了。我感到莫名其妙，我有什么事情做错了吗？为什么要这样严肃地对我说“过来”呢？我走过去，坐下后问父亲：“有水喝吗？”他冷冷地说：“自己倒水。”我自己去倒水，父亲语重心长地跟我说：“今天你跟阿姨在楼上，叫什么呢？”我委屈地诉苦：“她给我梳头，我疼死了！”我父亲说：“再说一遍。”我再回答：“今天她给我梳头，我疼死了……”但这一次我把抱怨的语气降低了，因为我觉得我不应该跟没有弄疼我的人，用抱怨的语气讲话……但父亲又说道：“再说一遍。”这个时候，聪明的我就在想，我肯定是哪里说错了，于是，我换了较平和的、诉苦的语气说：“今天早上阿姨给我梳头，我不喜欢用那个梳头水，可是她还是使劲梳，我觉得疼死了。”

估计父亲是觉得我已经没有可能改变了，于是跟我讲：“你疼我知道，但是你疼死了吗？”我马上低下了头。“死亡是人的终点站，‘死’是特定用词，请不要随便使用轻率的语言。”我当下就明白我说错话了。不可以说“死”，是父亲最严格的标准，而这也成为我说话用字的准则。除此之外，他也教给我一个文明说话的原则：“**一句话说出来之前，要经过三道门：第一道门是脑子，第二道门是牙齿，第三道门是舌头。通得过这三**

道门的话才可以讲出来。”我明白，他是教我说话要深思熟虑。

父亲接着讲：“你要学会尊重别人的劳动，学会平等待人。劳动人民身上有各种各样的优点，你可以从他们身上学到很多东西。但如果你不尊重他们对你的付出和劳动，他们怎么可能会把自己的智慧教给你呢？”

人是需要帮助的，你帮助了别人，别人将来才会帮助你。其实，无论你走到哪里，都有一个摄像机对着你——事实上，到处都有探头的。你做的事情若是上不了台面，那么长久来看，你就会下不了台。

可以不学钢琴，但是不能不学做人

父亲说："如果是以前，一定让你学习弹钢琴，不过我们现在是犹太难民……你可以不学钢琴，但是不能不学做人。"现在回想起来，父亲和我相处的日子里，只要他一开口，几乎每回讲的事，都是在告诉我做人的道理。父亲教我"先行付出"。他说："在中国，我们是外国人，凡事都要礼让三分。"我小时候经常跟小朋友们一起跳橡皮筋，他细心地交代我：橡皮筋很容易坏掉，所以你最好不要用小伙伴的，要用自己的橡皮筋，而且要和小伙伴们一起玩。他教我的道理，就是先人后己。

记得我 10 岁时，楼下的一个大厨经常做卷饼给大家吃，每次分给我的那一份都是边边角角，我总是有点不开心。父亲看出我的不开心，语重心长地跟我说："孩子，要知道，这是别人给你的，不是你自己做的，你没有选择，不要去要求别人。"**在我的成长过程中，父亲把人格教育放在首位，他曾经在送给我的一个笔记本上写下这几个词——博爱、感恩、**

诚信、忍耐、乐观，而在这几个词之后，最后才写着“知识”，其意义不言自明。

言行检点，不可随便

我小时候被父亲管得很严，有好几条禁令。比如，不准游泳，不准穿泳衣。犹太人对女儿的管束是：穿衣服不许露膀子，裙子下摆最起码要在膝盖以下，所以泳衣的暴露尺度是他绝对不能允许的。因此，我小时候没学过游泳，至今我也不会游泳。还有，吃东西不可以发出声音，不可以大声喧嚷。说话只能我跟对方两个人听见，因为不需要让第三个人听到我们在说什么，若让第三个人听到我们的声音，就是对他人的不礼貌。还有，不可随意动手，因为一个有教养的女孩子是不会随便拍打人家的。在学校里，我虽是唯一一个外国人，但我受到的教育和中国学生一样，父亲也一再提醒我，要和中国学生一样遵守学校规定。我长得很漂亮，脸上有小雀斑，睫毛卷卷，皮肤雪白，因此父亲的警觉性就更高，他总会不时地提醒我：我们是在异国他乡，一定要言行检点，凡事要礼让，对人要谦卑。也许这跟犹太民族的经历有关，总会多一份心眼。但这就是犹太人的特点：聪明，警觉性高，严谨地在异国他乡过漂泊的生活。

口上留德，恶语伤人六月寒

父亲曾经给我讲过这样一个故事：一头熊在与同类的搏斗中受了重伤，它来到一位守林人的小木屋外乞求援助。守林人看它可怜，决定收留它。晚上，守林人耐心地、小心翼翼地为熊擦去血迹，包扎好伤口，并准备了丰盛的晚餐供熊享用，这一切令熊无比感动。临睡时，由于只有一张床，守林人便邀请熊与他共眠。就在熊进入被窝时，它身上那难闻的气味钻进了守林人的鼻孔。守林人说："天哪！我从来没闻过这么难闻的味道，你简直是天下第一大臭熊！"熊没有说话，当然也无法入眠，勉强地挨到天亮后向守林人致谢上路。多年后一次偶然相遇，守林人问熊："你那次伤得好重，现在伤口愈合了吗？"熊回答道："皮肉上的伤痛我已经忘记，但心灵上的伤口却永远难以痊愈！"

同时他教我学会一句中国谚语：恶语伤人六月寒。他说："中国人的传统，做人留一线，这样日后才好见面。"父亲教我说话要谨慎，随时随地培养我的社交能力，就是希望我长大后不会在社会上吃亏，希望我能脚踏实地地生存。

粗糙鄙俗的语言，不在我的言行范畴内，我从小就养成了这样的习惯。同样，我也这样管教我的三个孩子：千万不要随便得罪人，不要说三道四，在背后讲别人的是非，嘲笑别人的缺点。

"做人留一线，哪怕自己有十分道理是对的，也要把三分留给人家。"这话是我父亲从小教给我的。我父亲一直跟我说，之前犹太人没有自己的国家，在别人的土地上生活，做任何事都要给别人留有三分余地。

和父亲一起喝下午茶，童年最美好的时光

我的父亲教我享受优越、有品位的生活，如果是太平盛世，他一定是人们认定的“老克拉”*，或者说高品位绅士。他经常带我去参加朋友们的聚会，有时是聚餐，有时是去喝下午茶。他常摸着我的头，对我说：**“沙拉，犹太人工作是为了生活得更幸福，不要因为生计而忽视享受生活，它会让你失去很多美好的东西。”**犹太人在业余休闲时间重视与人沟通交谈，除了睡觉、吃饭之外，有相当多的时间是在彼此交谈。

在我的童年记忆里，他是个非常热爱生活、品位高雅的人，他常带着我听音乐，喝茶。我觉得他最享受的时刻，就是一个人静静地坐着听音乐，还记得他最爱听的是《静静的湖泊》《乘着歌声的翅膀》等犹太人的音乐作品。父亲曾告诉我：“歌声是一群永远活着的精灵，因为它们无

* 是指老上海那些阅历较深、收入较高、在文化休闲方式上独领潮流的都市男性。

论快乐还是忧伤，都能帮你找到快乐。”在家里，身兼母职的父亲总是会为我准备好小点心，有时是苹果，有时是方形蛋糕，他也会问我想吃什么，凡是我说想吃的，他都会尽量为我准备。在和父亲一起喝茶、吃甜点的时光中，我度过了最美好、最快乐的童年。

父亲常带我到第一食品店去买我最爱吃的果冻——白白的，像粗粉丝一样，这是我最爱吃的零食。我记得，我们通常是还没有到夏天就去买，这让我明白：**人生是要做准备的，买东西要预先买好。**当时，这也是比较贵的食品，虽然柜台在第一食品店里面，而且很小，但我印象很深刻。我们每个星期至少吃一次甜饭，我记得有葡萄干、杏仁丁、蜜饯这些甜的东西加上红色的胡萝卜丁，这些食材和大米放在一起，再加上冰糖、蜂蜜煮成好吃的甜饭，这是德国和波兰犹太人家庭的最古老的传统。很多人觉得苏打水不好喝，但父亲在给我做冰激凌时会加一点苏打水，所以我很小就习惯了喝苏打水。

上小学后，我晚上要做功课，已经精通中文的父亲偶尔也会指导我做功课，但无论何时，我们总是会听很多音乐。我们有一个旧式播放机，用一阵子后就会发烫，他会放很多黑胶唱片来听。父亲曾赞许过我，说我小时候乐感就很好，也许这就是我一生都爱唱歌的原因。至今，我仍然记得父亲放松地靠在椅背上的样子，他听着舒缓的音乐，一边吃着小点心，一边跟我讲一些我小时候的事。

父亲不喝酒，但很懂得喝茶。我因为跟着父亲，从小就喝过世界各地的好茶，从锡兰茶到中国的顶级红茶我都很熟悉。很多人觉得很奇怪：女人精通喝茶的很少，为何我懂茶。那是因为我打小就懂得好茶的滋味，而且我也收藏了很多好茶。但奇怪的是，小时候喝到的茉莉花茶也会放糖，而我不喜欢，我会跟我的父亲讲：这个茶不好喝。换成中国最好的红茶时，我又觉得放了牛奶以后才好喝一点，但是记忆中这种茶的味道不香。我也喝过最好的英国茶，我们很幸运，在十里洋场有很多渠道可以得到世界各地的好东西。记得领事馆在外滩附近，父亲跟英国商务办事处及苏联领事馆都有很好的交情，刚好我家就在大名路上，我父亲总是能从刚由码头出来的船员手中拿到他想要喝的茶。当时我很小，根本就不知道什么是岩茶，但是现在回想起来，我一定喝过很高级的“大红袍”，因为一般红茶茶水呈现的红色是不透明的，而武夷山正宗的岩茶“大红袍”泡出来的色泽是透明的。

要能做“豌豆公主”，也要能睡柴房

父亲的教诲，自始至终陪伴着我走过一生。我父亲的话不多，不像有的父母会喋喋不休说着重复的话；他从来都没有骂过人，从来没有对我厉声说过话，但是只要他一开口，都是让我终生难忘并且受用无穷的守则。想来他真是一个有耐心的人，他知道我不可能一下子把所有的知识都吸收，他就每天讲……**每个孩子都是一棵树，不可能一夜成材，父亲深谙其道，日复一日、月复一月、年复一年地对我浇灌智慧经。**

要做勤劳的姑娘

父亲教导我不要当有公主病的娇贵姑娘，要做勤劳的姑娘，他说：“沙拉，你千万不能因为父亲现在在你身边照顾你，就把这种照顾当成习惯，因为父亲不会一直留在你身边。你必须随时告诉自己：今天我能做‘豌豆公主’，明天我也能睡柴房；今天有父亲来喊我起床，接我放学，帮我整理衣服，我可以睡到自然醒，然后慢慢收拾东西，明天父亲不能来照顾我，我也要能自己利用时间，把第二天要用的东西准备好，把自己的衣服整理好。只有这样，你才能‘能屈能伸’；只有这样，父亲才能放心。有一天，你离开家，就不会吃大亏。”

他特别强调：“沙拉，你将来一定会去学校过集体生活。你记住，一定要勤劳。你要主动打扫周围的环境，别忘了环境是大家的。要多给别人的暖瓶打水，帮别人多做事，你会赢得人缘。”父亲担心我不能面对人生的无常，怕我把衣来伸手、饭来张口当成习惯，他苦口婆心地教育我，就是怕我不勤劳，成为懒丫头，不受大家的喜爱。他更怕有一天他不在这个世界了，我没有独立生存的能力，没有办法在这个社会立足。

父亲送我“过街”，不送我“上学”

上学后，早上6点半起床，父亲就给我梳头，照顾我吃早餐，通常是牛奶和面包，然后他会牵着我的手带着我走上通向学校的路。但他从来都不送我到学校门口，他会带着我走过必须要过的街、要穿过的大马路，毕竟我还小，怕有危险。同学的家长都是把孩子送到校门口才走，但是父亲不这么做，他只把我带到马路对面，就让我自己走到学校去了。

“春蚕到死丝方尽”——似海父爱

回顾我在12岁前和父亲短暂的相处时间，发现他不管我的年纪有多小，总是在讲各种道理给我听。除了在我犯错时及时纠正，父亲每天也会给我讲睡前故事。我现在明白，他认为自己时日无多，所以他处处想办法对我讲他觉得我日后会用得到的道理。我的父亲会在一个问题或一件生活小事发生以后，就告诉我一个道理，而这些道理都陪伴我、协助我度过一生。他人生的最后时光，努力地在做这件事：在他死之前，尽量把能教我的都教给我，他希望我能靠自己保护自己度过一生……

他预期自己没办法一直保护我，就不让我去游泳，因为他知道我的脚会抽筋。原以为他是认为泳衣太暴露，后来才明白他是怕我因抽筋而溺水才禁止我学游泳的。父亲常常跟我讲：你走每一步都要绝对小心，安全是最高原则。我的老父亲为了自己女儿的未来不会有太多危险，不断地告诉我这些超过我那时的年龄的理解能力的智慧，这就是犹太人的智慧、犹太人的家教。凡是拥有古老文化的国度都有这样的家教，中国人也是一样的。他就像是吐尽丝的春蚕，竭尽所能地给予我最深的爱，这份似海父爱，让我每每想到就泪湿眼眶。

因为我常常脚抽筋，父亲托人去苏联给我买了一双加棉的靴子。这双靴子尺寸比较大，父亲对我说："你现在还小，我叫人给你买了双可以穿很久的鞋，将来你去大学读书时，冬天就穿这双靴子，因为教室和图书馆里都会很冷，你的脚会抽筋，要穿暖和一点……"回想到他说这些话时的神情，我总是热泪盈眶。

虽然那双高高的长靴子已经不在了，但是父亲如此深沉厚重的爱，让我温暖到今天。父兼母职的他给我的爱是如此细致，所以，每当我脚抽筋时就会怀念我的父亲，想到那双代表他的爱的靴子，我知道：父爱深似海！抽筋，这似乎是我家的传统，我会抽筋，我家的孙儿孙女个个都会抽筋，所以只要自己抽筋或听到儿孙抽筋，我就立即想到我的老父亲。

据我所知，我父亲只有我一个孩子，我继承了父亲很多特质：严谨、不给别人添麻烦……每当遇到难关，我就会想：如果是父亲，他会怎么说？他会教我怎么做？就因为我践行着他的教导，我的人生虽历经苦难，但总能化险为夷，柳暗花明。他的教导给了我肥沃的人生土壤，让我得到滋润而成长。他开口都是金玉良言！我常常回想：如果没有父亲给我的良好家教及犹太文化给我的影响，我不会生下三个孩子，也不会有这些精彩的人生经历。

父爱是一种智慧。60 岁生育我、72 岁离开我的父亲——立维·伊马斯先生，他的智慧，就是陪伴我一生的最宝贵的财富，也是无价的遗产。

第三章

失去庇护的日子：父亲给予的坚忍让我直面风雨

当父亲慢慢老去，他就越来越没有能力来保护我了……我需要靠父亲教我的智慧自己求生存。离奇复杂的家庭关系、日搬一吨铜的辛苦工作、曲折的婚姻、舆论的压力……都使我变得更坚强！

留在中国的硕果仅存的犹太人

当初，从欧洲来到中国的犹太人多达数万人，但到最后留下的不多。因为本来就是暂时居留，加上战后以色列有“回归”专案，非常积极地把流亡世界各地的子民都召回去。据我所知，1949 年至 1952 年间，留居中国的犹太人有 8500 人回归以色列，他们归国一般走以下路线：一条从上海出发，坐船直接从上海驶往海法；一条是先到达意大利，然后再乘船到海法；据说，还有一条是在哈尔滨的犹太人走的另一条路线。这些人回到以色列后还成立了协会，会员人数多达 5000 人。

虽然我们多次收到安排我们回以色列的官方文件，不过父亲觉得自己已经年老，还有高血压，他自知以自己的健康状况没有办法带着年幼的我长途旅行，因此，当其他犹太人都陆续离开中国时，我们留了下来，成为极少数留在中国的犹太人，所以我总觉得自己身负历史的刻痕。1956 年，出于父亲身体及多种问题的考虑，我和父亲离开了大名路近外白渡桥的那幢三层洋房，搬到了复兴中路 642 号。那时我 7 岁，读小学一年级。这里也是一座洋房，对外叫“上海犹太联合会”，是中管会注册、中国政府认可的合法机构。楼房的一层就是教堂，屋顶很高，还有一个大大的圆拱门。我们住在三楼，房间都不大。记得那时全上海留下来的犹太人只剩六七个，他们住在重庆公寓。

首尝被人欺负的滋味

虽说这里有大厨、花匠、保姆，生活品质比以前我和父亲独居时要好，但我整天都得跟一些老爷爷共处，根本没有话可说。和父亲一起生活的我，曾是个快乐的小公主，但在犹太联合会的那几年，我首尝被人欺负的滋味。有的时候我回去晚了，饿了，去问大厨要东西吃，大厨往往就会说没有吃的了（犹太人吃饭很准时），而我的确闻到了肉饼的香味……这是一种犹太人的传统美食，把弄好的牛肉加上土豆、萝卜丝和洋葱，先在油里煎成饼后，再放在炉子里烤，非常香。我请求大厨给我一点食物，却只得到一些烤碎或不规则的食块，有时他只给我一点剩菜。我开始感到人间冷暖。

之前，犹太联合会的 10 多个犹太人里，还有几个年轻人和小孩。最后，小孩子只剩我和犹太管家的女儿。她总是觉得自己很了不起，炫耀她的白皮鞋，还看不起我。假如我们在一起玩，她会把一把沙子放进我的脖子里来捉弄我。那时，父亲因为过度肥胖及高血压很少下楼，楼梯很窄很高，他害怕从楼梯上跌下来。她知道我父亲没法下楼，就一直欺负我，经常伺伏在楼梯下面拿脚绊我。有一次，我哼着歌下楼，突然就被她绊倒摔了下来。我没有反击，因为她年龄比我大，她父亲又是管家，我不敢计较。另外，父亲当时的状况不佳，厨房里的大厨们也都帮她，势单力薄的我不敢声张。我警觉到：当我的父亲变成一个病人的时候，他就越来越没有能力来保护我了……我开始感到害怕。

炎炎夏日里的冰块与音乐

从我 10 岁开始，我 70 岁的父亲就总是觉得自己很快就会死去，有段时间，父亲已经不能说话了。我无法忘怀这个画面：沉默的父亲睡在一个很高很柔软的大床上，他整个人深深地陷在被褥里……当时，我觉得天气很热，但躺在床上的他似乎不觉得那么热。老人睡在里面显得如此弱小，我就坐在他的身旁，一直摸着他的手。小小的我静静地陪伴着一个临死的人，我感受到父亲的生命正在一点一滴地流逝。面对这种生命的结束，我无所适从，因为没有人告诉我该如何面对。

我猜父亲原本出身于音乐世家，身为难民的我们家里虽然没有钢琴，可家里总是飘荡着音乐。所以，虽然父亲现在不能说话，但我知道他会喜欢听音乐的，我就用 40 多转的黑胶唱片放他喜欢的音乐给他听，比如《静静的湖泊》《乘着歌声的翅膀》等这类犹太人爱听的曲子，我由他的表情知道他是听得到的。有一次，他在听《伏尔加河纤夫曲》时，我看到他闭着的眼睛流出了泪水，我赶忙帮他擦掉眼泪，之后马上就换了另外一首曲子，我怕他伤心。

我一天天长大，父亲却一天天衰老，甚至面临死亡……之前，父亲不止一次摸着我的头发说："孩子，快快长大吧，我要给你开个隆重的成年礼派对。”我守护着已失语的父亲，到最后，他已没有办法小便，我只好送他到医院去。医生诊断后宣告不治，只剩下等待的日子。我知道，等不到我成年礼的那一天，他可能就会离开我了。

离奇复杂的家庭关系：不求真相，只求自保

我的家庭关系极为复杂，养母曾是我爸爸名义上的妻子，而且她全家族的吃穿用都依赖我父亲。这个曾经在我家做过工人的保姆，不知为何竟成为我名义上的养母。我父亲从来没说过她是我妈，只有一次他在谈及养母时，悠悠地跟我说："我们是没有国籍的人……"我的一生，不确知我的生母是谁，父亲从来不说不谈，我也不敢问。他们的关系，永远是个谜。

父亲过世前，1961 年，不知为何我已被养母接走，接到盘龙街和养母一家人住，他们让我住在楼梯下面的小隔间里，从此我的人生犹如从天堂转到地狱。而我的角色，就成为这个家里负责做饭、洗衣服的小女工。我要做菜，要洗全家人的衣服，要会打理家务，什么都得会，这种生活锻炼了小小年纪的我，让我开始自强自立。平日里我要为那一家人做家事，所以我就特别期待周末，因为那时我就能去看我父亲……

由宝贝女儿变成小女工，在养母家的我，一点也不快乐。在父亲生前及死后，我都不理解为何我会有这样的一个“家庭”。难道因为我是难民，就有了这么复杂的家庭关系吗？我一直不知道父亲和我的真实身世，因为父亲从不谈他的过去、背景与来中国的缘由。虽然我依稀看到过，有一本苏联的护照，上面有我和我父亲的照片，而且特别大，肯定是领事馆发的。在三年困难时期，我曾拿这本护照买过菜和大饼油条。但不知为何，父亲在落难来到中国后，是没有国籍的人。我肯定是生在中国的，但是没有中国国籍及上海户口，于是，不知由何时开始，在我家工作的保姆就成为我户口本上的妈妈，这个一点儿也不爱我的女人就变成了我的养母。但父亲早就明确地教我学会在夹缝中生存，所以我从来都没有想要强求一个所谓的真相，我只想踏踏实实地做个中国人。我猜想父亲为我找这个养母，是为了我能享有中国国籍及落户的保障。所以，不管结果如何，真相何在，对一切发生过的事，我都选择尊重，选择原谅。

在写这本书时，我面对打开的潘多拉盒子，心中一再重现由尘灰中飞出来的陈年往事，实在是非常痛苦。其中最触动我内心、最让我伤痛的情节，就是父亲的过世。每次想到、讲到这一段，我都会哽咽哭泣不已。

1962 年 4 月 26 日那天，我一早就有种不祥的预感，一种说不出的不安。早上 10 点，养母听到有人喊她，接着她回来就告诉我：“你父亲没有了。”从小，我就被禁止说饿死、烦死这样的词，所以听到父亲病死的噩耗，我深感惶恐，父女相依为命的幸福生活顷刻间化为乌有。其实几天前，我就听到医生说父亲已经不行了，最多只能再撑两天，而犹太联合会的人已经在青浦吉安公墓那里挖好了为父亲准备的墓地……所以听到噩耗时，我知道我已错过见他最后一面。我唯一的亲人、我挚爱的父亲临终时，我竟然不在他身边！想到这里，我当场就崩溃了！根据犹太人的习惯，人死后是要以最快速度下葬的，所以，我最多只能送他下葬了。

我马上就冲出门去……但养母喊住了我，她说要去买一个花圈让我带上，要我等她。我心急如焚地等了半个小时，但她并没有回来。后来我才知道，她不是去买花圈，而是去上班了。我不懂怎么买花圈，就索性冲到花园里，摘了园子里仅有的几朵黄色小菊花，又把我长辫子上的发圈取下来扎成一束小黄花花束。我清楚地记得，那天的天空好蓝好蓝。我带着这束花，跑步赶到黄浦公园门口的 42 路公交站，一路失魂落魄地坐到文化广场站。带着不知如何面对父亲去世的心情，我拿一块白色手帕放在头上，一头冲进房间时，看见父亲的遗体已被人用白布包了起来，我很害怕，上海只剩 5 个犹太人了，父亲再走了，我就完全没有亲人了……不曾见过死亡、根本就不懂生死的我，不希望棺材盖子盖上，心想父亲在里面会很闷。当我不知所措时，人们已把棺材搬上车子，同时叫我也坐上车，前往青浦吉安公墓。

前往青浦吉安公墓的路上，原本阳光明媚的天，却在灵车刚刚开出去的那一刻，下起倾盆大雨。这场雨，可能是上海近百年来最大的一场雨，我坐在车内一片茫然。我没有像其他中国人那样在家人过世时大声号哭，也没有说“父亲，安息吧”这样的话……一路上车慢，雨慢，心慢，时间慢，我的脑海一片空白，好像世间一切都停顿下来，我希望永远都不要前行，好让父亲永远留在我身边。来到墓地的时候，发现挖好了的墓坑已积满了水。雨水打湿了我长长的头发，顺着我的脸颊往下流。我傻傻地站在那里，一直抓着衣服上的圆纽扣，没有说话，也没有哭，好像我的身体、我的感情全被掏空了……

临下葬时，我看着人们从墓坑的两边拉着绳索把那具三夹板棺木一寸一寸地缒到穴里去。倾盆大雨没有一秒停顿，唰唰地淋在我们身上，手上即使撑着伞，也抵挡不了随风四处飞溅的雨水……我一会儿捏着扣子，一会儿捏着自己的发尾，做着这无意识、无意义的动作。看到拉着父亲棺木的绳一放，三夹板棺木就快速落到穴底了，顿时，由墓穴里溅出来的黄泥水溅了我一脸，令我浑身打战。那一刹那，我仿佛突然恢复了意识，对周遭的一切重新有了感觉！我由灵魂深处发出尖锐的怒吼："我父亲是人，他是人，你们把他放下去，他会冷的！我的父亲他会冷的！"我不停地叫着，"你们为什么把他放下去？我父亲会冷的！"我的嘶喊声回响在墓园里，但周边的人都忙着下葬的后续动作，没有一个人理睬我。我哭得撕心裂肺，泣得声嘶力竭，喊得分不清雨水和泪水，我拼命地拉着他们："水太多了，他会冷的。"工人想铲土下去，但土都已经变成泥巴，根本没有固体的土来填那穴里的空间……

我的嘶喊声逐渐变弱，但我心中的声音却是越来越大，我在心中对父亲大声说：我知道，你不能回去以色列，我会回去的！我会为你回去以色列的！相信我，我会带着你一起回去的！我不知嘶吼了多久，突然想到我带来的小黄花花束，赶紧在泥水把父亲的棺木完全淹没之前，把它放下去，同时拿几块我由花园带来的石头把花压着。那一刻，我明白，他再也不会回来了。接着，我满脑子想着：我怎么办？我不认识这个地方是哪里，以后怎么再来？我冲回到了墓地那边，用手摸那泥水，我请求："再待一会儿！”最后，他们架着已经瘫软得无法行走乃至站立的我，好几人合力才把我拖回车里。

在我的世界里，我唯一的亲人没有了，天地之间，我只能依靠我自己了……我坐着车子回到犹太联合会，他们安排我在那边吃饭，但我根本就吃不下。他们要帮我叫车，安排人送我回养母家，但我说：“不要。”因为我不需要人家送我，我根本不期望别人会送我，父亲早就要我养成不给人添麻烦的习惯。

那一天，我感觉自己在茫茫人海中，真真切切地成了一个无依无靠的孤儿。对一个 12 岁的女孩子来讲，那是我第一次感觉到人生的绝望。全身湿透的我拖着似有千斤重的步伐，撑着几乎虚脱的身子，艰难地走到人民广场坐上 42 路。我觉得自己要累得晕倒，因此，我跟旁边的一位阿姨说：“阿姨，您可以让我坐一会儿吗？我父亲刚刚去世了。”她带着惊讶的眼神立刻把座位让给了我。我坐下时感觉身上的湿衣服都挤出了水，把椅子及地板弄得都是水。我浑浑噩噩地坐到黄浦公园站，本能地由门口下车，如梦游一般……我下意识地走过桥，回到了养母的家。虽然我不喜欢这里，但我无处可去，只能回到这里。

身为铜厂女工，20 年自食其力

1967 年，我念完虹口区第一中心小学，在财贸学校读初一，那年我 17 岁。当时在上海的大部分犹太人都离开上海或去世了，我感觉到茫茫人海里的孤单……身为犹太后裔的我，那天在一无所知的状况下，突然一辆车停在我家门口，跳下来的人二话不说就把我押了起来……我被人赶出了家，由盘龙街赶到乍浦路……我居无定所，不断搬家，最后只好逃到养母的家乡高邮乡下去。那一刻，我体会到什么叫"心提到嗓子眼"，几乎要窒息的感觉，那是一种无限恐惧的茫然无措。我非常庆幸自己活了下来。我是接受时代的共同命运的，但是，直到后来我才知道，是我的养母把我推了出来，就是为了侵吞父亲留给我的财产。所以从 1967 年到 1971 年，在时代的洪流里，我的人生是空转的，无所事事的。

直到 1971 年，21 岁的我决定改变现状，就鼓起勇气去相关部门申请上山下乡，或者给我一份工作。我到区政府问，然后又到劳动局问……

我到处申请，目的就是要一份工作。最后政府出了红头文件，做了工作安排，我就进入上海铜厂工作了。我很开心，有了安定的工作，终于可以自食其力，成为一个靠体力吃饭的人。我这么请求并不完全是出于经济方面的考虑，更重要的是我希望自己是一个生活有目标、对社会有贡献的人。几经奔走，21岁的我正式成为一名铜厂女工。

日搬一吨铜：在三班制的铜厂辛苦工作

最早我是做铜坯工，工作内容是这样的：铜经过热炉烧制后压模，变成一根根铜棒，铜棒产出后，滚在工作台上，需要人工把它放在架子上，接着由铲车把它们铲走。根据不同的订单，铜棒的大小不同。但不管大小，我们都得快速把铜棒搬到架子上。早期没有机器来搬运，有很长一段时间都用人力来拉铜，这些生产流程多半是体力活。当时，一天要搬一吨铜，也就是有一吨铜要经由我的手从机器上移到架子上，让后面的工人开着铲车把架子与铜棒铲走，好进行后续加工。搬第一层时很好拿，因为高度不高，等到要搬第四层时就很累了。我也做过钳

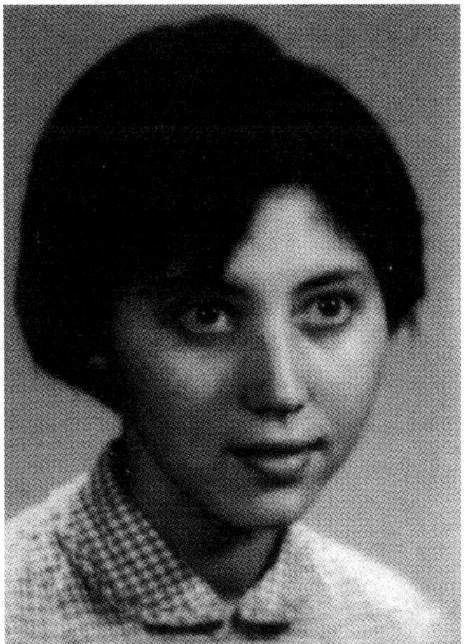

21岁的我进入上海铜厂工作

坯子的工作，就是把坯子放到木架上。铜厂有两三千名工人，有热车间、冷车间、铜管车间，也有工会、食堂。我在铜厂经历了一线工作，任劳任怨地做了半年，且甘之如饴。当时是三班制，有早、中、晚班，因为炉子是 24 小时一直不停地烧着的。我记得那时最辛苦的就是上大夜班，在寒冷的晚上，炉子又特别热，暖洋洋的，让本来就想打瞌睡的人很容易睡着，因此工作时非常危险，容易出意外。这样的工作，无关自己喜欢不喜欢，能有个安定工作，对我而言，就已经是非常幸福的事了。

在工厂有了朋友，不再感到孤单

当时，一般学徒一个月工资只有 17 块钱，但是幸运的是，每个月我会收到以色列政府寄给我的生活费，是 3 个月或半年一寄的 200 港币，在当时这是非常不错的。我从小就乐于分享，因此单位里的同事都喜欢我，选我做班长。有什么活动或者聚餐总是我买单，我并不会因此觉得自己就是英雄，我特别感谢大家有机会聚在一起。这段时间，终于有人跟我做朋友，我很开心，觉得没有那么孤单了。

旧时同事日后形容他们第一次见到我时的惊叹：穿着人字拖及漂亮的裙子，长长的头发扎个俏马尾，走路的时候抬头挺胸，马尾巴跟着左右晃动，就是这么一个漂亮的、回头率百分之百的女孩子。21 岁的我有了工作，有了朋友，我觉得自己是一个独立的人了！我非常自信地准备开始幸福人生。当时的我自信到了什么程度？我自信到敢拦厂长的路。有一次，我们急着去 4 楼食堂吃饭，我们吃饭的时间很短，只有半小时，时间很紧张。就在大家挤着上楼时，厂长慢慢地走在人流当中，工人们也只好慢慢地挤在后面。厂长的吃饭时间没有限制，工人的时间只有半小时，铃一响，机器就要开，铜棒就要出来，所以大家都很着急，但只有我敢上前对他说："厂长，我们的时间很紧张，请您在边上先站一会儿，等一下我们全部上去了，您再慢慢上。"记得当时厂长和其他人都用错愕的眼神看着我，而我连头都没回，就径自往楼上走去。当时的我敢说敢做，作风正派，行为端正，助人为乐。我自认是个"无欲则刚"的女人，而且引以为豪。

勇于助人，慈善始于年轻

我做铜厂女工时，就上过报。那是 1986 年 5 月 2 日中午 12 点左右，我骑自行车途经大连路路口，见到一个没有撑伞、穿着雨鞋、一面哭一面淋着雨在路上行走的姑娘，我下意识地就知道她遇到了困难。于是我下车上前搀扶她，这个姑娘竟然马上就昏倒在我的怀里。我赶紧拦了一辆编号 08-13862 的卡车，让司机送她到新华医院就医。姑娘醒来时，见自己躺在我的怀中，身上穿着我的衣服和裤子，流下感激的眼泪。我看到她潮湿的衣服里面有一张绝命书，明白她是受人欺负了，所以想要轻生，我耐心地开导她，并且协助她找到了她在上海的亲戚，最后由她的亲戚带她离开了医院。没有想到，医院把我的事情上报给了报社，所以 5 月 16 日的《解放日报》就刊登了这件事情，标题是《外地姑娘来沪轻生　陌路女工热情相救》。说来这也是我年轻时做的一件有意义的事，回想起来，勇于助人，慈善为乐，爱打抱不平，不是我有能力以后才做的事，我在年轻的时候就是这样的一个人。

外地姑娘来沪轻生 陌路女工热情相救

本报讯　五月二日，上海铜厂女职工沙拉·伊玛斯（中国籍外国人），途中救了一个意欲轻生的外地姑娘。

这天中午十二时许，沙拉·伊玛斯骑自行车途经大连路控江路口，见一个未撑伞、未穿雨鞋的姑娘昏昏然在雨中行走。她下车上前搀扶，姑娘竟昏倒在她的怀中。她赶紧拦了一辆编号为零八——一三八六二的卡车，送姑娘到新华医院就医。姑娘醒来时，见自己躺在沙拉怀中，身上穿着沙拉的衣裤，流下了感激的泪花。沙拉见姑娘潮湿的衣袋内有一张"绝命书"，问明了受坏人侮辱的原委后，便耐心开导她。并帮助她寻找到在上海的亲戚。姑娘由亲戚带领出了院。（余国友、张伟智）

酒后开车撞伤行人 驾驶员被拘留审查

本报讯　五月八日下午二时许，卢湾区丽园街道快乐旅游社学习驾驶员吴东男酒后开车。行至局门路斜徐路口，将女职工冷桂珍、夏梅兰撞倒，接着，车辆又冲上人行台阶，将居民的遮阳棚撞坏。事发后，围观者多达五、六百人，路口人车拥挤，造成交通堵塞。丽园路派出所干警积极采取措施，迅速恢复了正常的交通秩序。受伤人员也由民警急送医院救治。

经卢湾区公安分局交通队报处批准，吴东男已被拘留审查；私自将汽车钥匙交给学习驾驶员的司机岳炯松，现已取保候审。（宗文）

因在路上救了一个外地姑娘而上报

工作之余，成为代笔专业户

上海铜厂的员工多半是普通劳动者，好些人本来是在街上帮人家运东西的，上海铜厂成立了，这些人就成了厂里的工人，许多人不识字，因此，我成为家书代笔专业户，上海铜厂有很多人的信都是我代写的。在那个时代，邮局门口会有专门代写家书的服务，但是工人们生活在厂里，没有时间去邮局，何况找人写家书还要花钱，而我为这些朴素的工人写信，是分文不收的。我通常用吃饭或休息的时间帮他们写信，有时也到他们家里去，因此吃过好几次苏北人做的狮子头。

帮人写家书，让我洞悉了许多人的家庭生活，甚至是秘密。有的人想联络自己家乡的人或是寄 5 块或 10 块钱回乡，还得瞒着自己的家人。他们要我为他们写的内容，不管是报喜不报忧的老生常谈，还是不可告人的人生问题，我都会与他们同悲同喜，并且谨守为人保密的原则。

我总是让他们放心，告诉他们，我不会跟别人说我帮他（她）写了什么。但是好为人师的我，会给他们意见。比如一个阿姨离婚了，她情绪激动地要我写离婚的详情给乡下的家人知道，我建议她轻描淡写就好。我跟她讲："阿姨，我知道他打你，但是信里不要说太多，家人听了会为你担心，为你难过，你就只讲这个男人对你不好，所以你们离婚了，三言两语就好，别说太多。"我会提补充意见，"我现在又找了一个，我的日子过得很好。"信的最后，最好让家人放心，因为父亲让我从小就学会要报喜不报忧。那时汇款的渠道不多，他们没有办法去邮局寄，就要把钱放在信封里面直接寄。我告诉他们，这样很危险，如果决定要每个月寄 5 块钱，不如 3 个月一次性寄 15 块钱，花 1 毛钱邮费比较好。信写好后，他们自己要贴邮票，我总是说："我来出邮票给你寄吧。"我喜欢做一个对别人有用的人。可惜这样平凡平静的日子并不长久，伴随着时代的洪流，我的人生遇到了巨大的风浪。

人生中最大的噩梦——我的养母

铜厂的工作稳定又平静，让我误以为自己的人生横逆已成过去式，浑然不觉人生真正的厄运正要发生。

有一天，我们正在进行例行的读报和学习会议，突然，几个人走进会议室给我铐上了一副铐子，而且还是反铐！反铐代表“反革命”，而我什么都没做啊！当场所有人都一头雾水。我是一个与世无争、单纯年轻、无群无派的小女孩，与外界几乎完全没有关系，怎么会是反革命分子呢？那是一个我一生都无法忘怀、释怀的画面，它常常在夜里惊醒我：我这么一个守规矩的人，在所有人的目光下被铐了起来。当时，我都不知道自己是怎么离开会议室的。后来我进了看守所，被无情地提审……如今都好像是电影院里放的旧片，模糊的片段，甚至断片……但这个巨大的阴影，我只要一回想起就喘不过气来。

进入看守所后，我非常害怕，也非常紧张，疲倦至极的我仍然睡不着。第二天深夜，他们提审我时，我才知道，是以色列政府给我的移民通知，让我背上了“外国特务”的罪名，引来了我的牢狱之灾。我不知轻重地提出要回以色列的申请，让有心人士捏造出了我的“反革命”情节，但我只是一个想为逝去的父亲实现他归乡遗愿的年轻女孩而已啊，怎么会被当作那么可怕的反革命分子？我欲哭无泪，叫天天不应，叫地地不灵。这么离奇的事，至今回想起来都会毛骨悚然……我以为世界之大，应该有我小小一席生存之地的，但这个想法是非常天真的。天地之间，竟有人容不下我渺小卑微的生存！

在被关押的 11 个月里，除了半夜的审讯外，我基本上没有受过其他的欺负，但苦的就是只能在什么都没有的囚房里枯坐。因此白天的时间我就看书，在里面能看到的只有《毛主席语录》等思想性的书。我熟读了毛主席的所有著作，从《毛主席语录》到《矛盾论》我都读过，并且获益甚多。

这段时间里，还有一件对我影响巨大的小事情——学习蚂蚁精神。我的床旁边有一个蚂蚁洞，它伴随我度过了在看守所的每一个夜晚。晚上，我面对光秃秃的四壁，什么都不能做，长期处于惊吓惶恐的情绪中，我没有发疯，要感谢这个蚂蚁洞。寂静无边的时光里，没有任何东西陪伴我，但我可以观察蚂蚁们怎么进进出出，怎么把收集来的食物碎屑一起搬进那个小小的洞口……它们每天都忙得不得了，我也会每天吃饭时都留一点饭放在蚂蚁的洞口，然后看着蚂蚁们怎么把饭粒搬进去。有天吃饭，我吃到一块生姜，想试试看蚂蚁是不是也吃生姜，就把姜放在了洞口。我发现蚂蚁全都避开生姜，远远地绕了过去。看着看着，我学会了蚂蚁精神：任何人都有选择，遇到你不要的东西时，就要学习蚂蚁，绕过去！真的，当我看到蚂蚁绕过生姜时，我就告诉自己，我现在就像蚂蚁一样，碰到了困难，我不要硬碰硬，我应该避开它，绕过它，这是我从蚂蚁身上学到的生存本领。

11个月过去，证实我不是反革命分子，因为完全查无实据。但是无辜的我，并没有得到自由！我被送进了白毛岭农场。白毛岭农场里都是被定了罪的人，而我是无罪开释，不明白我为什么会被送来。我无法查证，也不敢追问！

那里算是劳改劳教的场所，但我是属于“代教养”性质，某种程度算是被“寄养”在他们那里，所以，我相对要比他们自由些。但无论如何，我和里面的几千人一样要每天出工，进大田挑肥、割草、插秧……“代教养”了长达两年，因为我的表现得到肯定，所以我成为队长很器重的工作者，变成了宣传委员。只要有大队会议，队里就会派人开着拖拉机送我去开会。我在现场聆听报告后做笔记，回来再传达给大家，我总是向大家强调，“人生很重要的工作，就是学习”。我也感觉到队里对我的肯定，于是继续努力学习和阅读。

两年后，一次偶然的机会，我看到一份官方文件，文件上举报人的名字，竟是我的养母！那时，我才明白，看守所里那些审问资料全是养母提供的。她把我平日随口说的话，一一当成反革命材料用来举报我，我的罪名都是她捏造出来的。欲加之罪，何患无辞？最可恨的是，我被判决无罪后接着被送进农场的两年，申请人也是她。原来，判决我无罪后，我的养母知道我马上就要被放出来，就去我的单位，强调我是资产阶级思想很严重的人，证据还是那些举报我的材料……她申请的理由是：她本人没有办法把这个女孩改造好，所以请有关部门送我去做劳动教育。为了达到这个目的，她还提出由她来出钱送我去改造的建议。可怕的是，我的单位竟采纳了她的意见，安排把我送到白毛岭农场去。

我看到那份文件，感觉天旋地转。我恍然大悟，我的一切灾难，都是源自别有居心的养母。原来，近在我身边的人，就是害我的人！我的一切苦难就是一场身份户口与金钱纠结在一起的闹剧，归根结底，这一切都是为了钱。因为银行里有我一笔为期 3 年的存款，金额高达 10 多万，在当时是不得了的诱人数字，养母要我被关到这笔钱她可以在外面领到为止。而我回来的时间刚好就是 3 年过后，正如我所料，我去银行时，钱已经全都没有了，是她全都拿走了。这是一个精妙的设计，她也许并不是想陷害我，但她确实想要的就是那笔钱！她的目的就是让我被抓走超过 3 年，直到 3 年定期额满时为止，因为在那个时代，只要有存单及户口本，她就可以拿走这笔钱的。钱没有了，连房子也没有了。

我的苦难，最早源自我想完成父亲的遗愿——回以色列。我手上拥有的那张签证，就成为证据。但最后我明白，我的噩梦深渊，并不是我的以色列人身份，而是贪婪的养母！但世界上有许多东西，一旦失去了就追不回来。生活中太多的事让我学会了放弃，我渐渐懂得父亲口中“舍就是得”的真正意义。放弃就是最好的收获，放弃就是最大的完美，这样才能获得我的自由，获得我的生命，每天能自在地生活最重要。因而，我没有向养母追究她陷害我的事，因为怕她再陷害我。

本来我是一个自信满满又说话大声的人，但经过被无辜审讯及劳改这些事，加上年事增长，性格成熟，我变成一个谨言慎行的人。我只想平稳地过日子，所以我全然接受铜厂的工作。在铜厂里，我由一个敢作敢为的人，变成一个谨守分寸、沉默寡言的人。由1971年一直工作到1991年我回以色列为止，我在铜厂里度过了我40岁以前长达20年日复一日的生活。我的想法是：如果你喜欢这个职业，那它就是事业；如果不喜欢，那它就是一份工作，每天准时上班，无所谓喜不喜欢。

浪漫少女的精神世界：在四大名著中感悟人生

工作是枯燥的，遭遇是苦涩的，但我的生活是丰富的。我小时候，父亲就帮我订过《儿童时代》《少年文艺》《集邮》，让我从书刊中看世界。在铜厂安稳的工作步调里，我坚持着读书的习惯。我读过的最好的书是《毛泽东选集》。《毛泽东诗词》我可以全部背出来，我从他的诗里看懂了诗歌。工厂里，许多人觉得我是个奇怪的人，因为我勤奋好学，上班一有空当就看书。我的生活除了工作，就是投入书海里以求隐身。在机房里等材料下来前短短的等待时间里，我往往已经看两页书了。单调的工作及足够的空闲时间，给了我很多读书的机会及时间。等到后来我被派到工会工作时，读书时间就更多了。现实生活中我尽量简约，我投入书本的世界里寻找最丰富的感受。

我从小就看很多书，吸收每一本书中的精华。可以说，我的教育来自我父亲及我看的那么多书。等到后来进入社会，我发现从书本当中汲取的营养都能运用在社会交往上，表面上看社会高速进步，但基本人性改变不大。我认为人文主要分三大块：首先是人和社会的关系，然后是人和人的关系，第三个是人和自然的关系。我爱读书，科学、艺术、人文的种子都种在我的心里。回想起来，我能安然度过那一段日子，要感谢父亲的智慧，以及书本的世界，是它们帮我承受住了人生路上的大起大落。

在我家的书架上，几乎全都是世界名著。中国的四大名著对我影响重大。《西游记》的核心，在我看来只有一个字——悟！悟什么？悟人生无常，每个人的一生都得受人管束，就像孙悟空受紧箍咒控制及逃不脱如来手掌一样；《水浒传》讲的是团队精神与义气，它让我明白人要善良，不然是走不远的。而《三国演义》讲的则是团队精神。

《红楼梦》这部名著描述了封建社会的人生悲剧。我看《红楼梦》，学到了八个字，就是“学习、改变、服从、接受”。任何时候你都得先接受，服从。《红楼梦》教会了我认识人生真相，那就是人必须要接纳现状。我告诉自己：你曾经住在很漂亮的别墅洋房里，一旦家道中落，你就要睡在楼梯下面的隔间里，但你也一样要活下去。《红楼梦》其实就是我自己的情况，我曾拥有独栋的花园洋房，但后来被迫睡在楼梯底下；我去过农场，接受过改造。面对困境，有些人总爱强调反败为胜，东山再起，我没有这类想法，我习惯于接受。很多人没有经历过我所经历的事，所以会比较乐观，而我认为，人不能胜天，时局大于个人。《红楼梦》里的角色，都是封建社会的牺牲品，这些悲剧都是封建社会的产物。《红楼梦》大观园里有千姿百态的人物，有贾政这种政治家，有平民百姓，也有我们所谓的“富二代”，每个人都在扮演自己的角色。上天很公平，宝玉周围那么多女人，可是他偏偏喜欢一个多病的林黛玉，但是两人终究没有在一起。这本书告诉我，人必须要接受现状，生活不是你想要什么就有什么的，你想要的不一定能得到。

至于世界名著，我最熟悉的是司汤达写的《红与黑》与托尔斯泰写的《战争与和平》。《战争与和平》其实就是女人和战争的故事。我从小看了很多期《少年文艺》《儿童时代》，父亲还为我长期订阅《集邮》及《国家地理》杂志，我每月最期待的就是杂志寄来的那天。

遭遇凡尘风云，我自认为是个承受得了大起大落的人，我知道，一个人唯有准备好了，才能够接受大起大落，而我认为自己成长期的大量阅读，就是在为我面对人生风浪做准备。如果你的心智不够成熟，内心不够强大，可能遇到一点小事就崩溃了。电影往往一闪而过，也许会有几滴眼泪，但很难深入你的内心。文字虽是固定的东西，但可以反复看，可以赋予自己的意义，它们会留在脑海中。相比于看电影，我更喜欢看书，因为每当翻过去一页后，还觉得这一段必须要回头再看一遍的感觉真棒，我觉得这样的“观看”更加值得。日后我总是能关关难过关关过，我相信，就是因为文化的积淀在我心里扎了根。

书本给了我很多生活的力量，父亲给了我很多生活的智慧，两者加在一起，我就成为一个完全有准备的人。我学会了宽容，学会了接受。如果不是这样，我相信坏的事可能会变得更坏，好的事情会很难出现。说“拿得起”人人都做得到，能“放得下”就需要丰实的教养力量。

少女怀春：活在世界名著中拟想浪漫的爱情

哪个少女不想成为浪漫小说、电影里的女主角？谁会预期自己会离婚，而且离婚不止一次？相信没有这样的少女！在我接触两性关系之前，我和所有少女一样，向往着浪漫甜美的爱情。我成长的那个年代，还没有琼瑶的小说和电视剧，但可以看到更丰富、更有历史性的世界名著，而其中就有许多爱情故事。我和所有的少女一样，是在世界名著的爱情故事里长大的。哪个少女不怀春？我也曾活在世界名著中拟想浪漫的爱情。我的长相及肤色一直以来就非常出众，即便如此，一直到结婚前，我也并没有随随便便就体验爱情。

浪漫少女的精神世界

为爱殉身的安娜·卡列尼娜、苔丝姑娘与茶花女

随着年龄增长，我开始看《德伯家的苔丝》，我觉得苔丝姑娘真傻，她如果已经选择了一段婚姻，又何必再回来寻找那最开始的没有成为婚姻的爱情呢？她为了这个人葬送自己的全部，在我看来真的没有必要。从苔丝姑娘身上，我看到了爱情无价，也因此而悸动，但我认为，作为女人，她不应该冲动，因为出了事，自己是要去坐牢的，情人是不能为她承

担苦难的。

《安娜·卡列尼娜》的女主角安娜本是一个贵妇，她有个对她非常好的老公，结果她要去跟随另外一个男人，最后她在火车站卧轨自杀了。人们总说："生命诚可贵，爱情价更高。若为自由故，两者皆可抛。"但我觉得她真的太不懂得珍惜生命了。

另一个也为爱殉身的女人是《茶花女》里的玛格丽特。每次看《茶花女》，我都会因书中的感情而感动不已，泪如雨下。每看一次就哭一次，而且哭得很高兴，也许那是一种"为赋新词强说愁"的少女心境吧。我后来有了新的感悟，觉得人生当中如果能找到这样一份真挚的感情就值了。玛格丽特自始至终希望自己不伤害别人，她答应了父亲不再跟爱人来往了，而且承诺不说出来，虽然她很痛苦，但是她做到了。她没有自卑自怨，她只是为了更好地保护爱人，也许这就是脱离了自私的爱情，而且是人间难能可贵的无怨无悔的爱情。我觉得爱情就是付出，亲情也是如此。

永远存在的阶级问题

《茶花女》让我第一次知道世界上有一种女人叫"交际花"，这个女主角傲慢高冷，我有时觉得她这一点很像我，我欣赏她那种属于自己的尊严。我把她定位为高端社交圈子里供男人消遣的女人，而不是像其他人那样把她叫作高级妓女。我认为，女人若没有成为良家妇女，那一定是生活所逼，因为有哪个女人会从小立志做交际花呢？我后来三十多岁时再重新看《茶花女》，就看懂了背后的真相：在资本主义社会里，感情虽是高尚的，但社会等级的差别也还是不允许他们走到一起，玛格丽特终究还是死掉了。《茶花女》给我很多启迪，我最大的收获就是一个人要学会付出，要学会忍耐，要学会让步，还要学会诚信，这是一种信仰，这个女人身上有很多东西都值得我们学习。我这一生看了那么多书，我觉得玛格丽特是最让我沉醉的角色。她是我一生当中遇到婚姻挫折、人生打击时经常想起的人物。

《飘》给我的人生启示：珍惜！

作品《飘》中的郝思嘉非常漂亮，她嫁给真心爱她的白瑞德，可她不珍惜，她就是喜欢艾希礼。艾希礼到最后死的时候，依然呼唤着他自己的老婆，压根儿没想过她这个人。而她为了艾希礼及不存在的爱情，牺牲了真爱着自己的“船长”，也没有好好爱护自己的女儿。该珍惜的事一旦错过了，就不可能再回来。等她明白的时候，白瑞德已经不要她了。一个不懂得珍惜的女人，最后只能孤独虚脱地自言自语：“明天又是另一天！（Tomorrow is another day！）”这本小说给我最大的启示就是珍惜，物质丰厚、被宠得不知匮乏的现代人说珍惜，基本只是说说而已。看过那么多书后，我才懂得什么叫珍惜，这可能就使我总是能忍常人不能忍的事，直到忍无可忍。我明白“珍惜”两个字其实很单调，但它是帮助我们生活下去的一种力量。什么是珍惜？不为追求自己的幸福感，不强求所谓的圆满，我认为这个就是珍惜，因为幸福感是因人而异的，标准是不同的。我们去看《飘》的女主角郝思嘉，白瑞德这么好的一个人这么爱她，她都没感到幸福，这是她的幸福观出了问题。简单，但有力量！作者玛格丽特·米切尔说：“对于世界而言，你是一个人；但是对于某个人，你是他的整个世界！”我也向往过这样的爱情生活啊。玛格丽特·米切尔也说：“爱你的人如果没有按你所希望的方式来爱你，那并不代表他们没有全心全意地爱你。”

还是个怀春少女的我，抱着书想象着属于我的爱情，但我真是没想到，人生如此不幸，我这辈子三次姻缘的对象，竟然个个都是完全不爱我的人。

如果能早点领悟儿时父亲对我的教导，我可能会少走一些弯路。

为逃离养母家而结婚，如泉涌的母爱让我乐为人母

我的婚姻关系，不是始于爱情，而是始于我想逃离养母家的愿望。住在养母家很痛苦，他们一家人——她和她的三个儿子都住在家里，我一个女孩子每天要洗全家人的衣服，做一日三餐……于是我一门心思想以最快的速度搬走。我当时 26 岁，没有理想的地方住，我必须要找个对象，然后以最快的速度嫁给他，不管他是谁……我不是为了爱情而结婚，是纯粹地想逃离养母的家而已。婚姻给我带来了期待和希望，我如同站在海边遥望着一轮新的太阳如何从地平线上升起。可惜，天不遂人愿，我跌跌撞撞地走进婚姻，又走出婚姻，先后遇到了三个男人，其间生了三个孩子——两个儿子和一个女儿。

我基本上是完全没有得到过母爱的人，但三个孩子的接连出生，让我沉浸在澎湃如大海的母爱中。虽然我后来成了单亲妈妈，但我乐为人母，不顾外界的流言蜚语，专心做一个称职的母亲，这是我人生最平静

也最幸福的岁月。成为母亲这个角色，唤醒了我的生命力！照顾儿女成为我的动力，我找到了我的人生价值！孩子们成为我的生命喜乐及动力源泉。记得生了大儿子后，我充沛的母爱就像井喷一般，整天为了孩子忙得其乐无穷。每天早上上班前，我抱着孩子先从我家门口坐 55 路，在新港路站下车后，走 10 分钟的路到邮电新村里面的厂办托儿所，把孩子交给阿姨，同时把奶粉及孩子会用到的用品包都交给她们，然后匆匆忙忙赶到车间换工作服开始上班。中午再以最快的速度来到托儿所，赶紧洗手后用勺子刮苹果给宝宝吃。在短短的半小时里，要喂奶，帮孩子换尿布……再把尿布带回家去洗。尽管很忙，但我还是充满喜悦，一直在期盼，期盼着还有一会儿就可以再看到孩子了，就可以再给他喂奶了……做母亲的这种喜悦心情，若时光倒流，让我再走一回，我依然甘之如饴。就这样，周一到周六，我每天清晨 6 点半出门，8 点到厂里上班，12 点吃饭，5 点下班赶去接孩子。那时候每周只有星期天能休息一天，我就这样在家、托儿所及工厂之间赶来赶去，这么简单的日子过了 10 多年。泉涌般的母爱，让我乐此不疲并深感满足。

感谢我的孩子们，让我感受到生命的意义及喜乐幸福！我不计较外界的一切毁誉，我只希望我能把三个孩子平安幸福地带大。不管在外面是否受苦受累，只要我一回家，看到天真烂漫的孩子，我就觉得幸福无比。

大部分人以为我是去以色列之后才重视家教的，其实不然，我在铜厂的时候，也就是孩子们还都是幼童时，我就形成了自己独特的教育方式。当然，孩子们也会吵架，但有意思的是，只要我一回家，他们就不吵架了，因为我从来都不为他们做裁判，所以他们也不会给我出难题。

大儿子小时候，摄于外白渡桥

他们吃穿不愁，但我要求他们自立自理。我会让孩子们跟我一起进厨房。学习择菜时，我教他们把黄叶子掐掉，但我也会要求他们不要扔掉太多菜叶，因为我们要珍惜食物，我把父亲教给我的都教给他们。他们从小就学切菜及做饭，学习家务事是他们的日常功课。我要求孩子们吃饭时要有礼貌，在我或其他大人吃完饭之前，他们不可以站起来离开餐桌。我教养孩子的原则是：热爱生活；对这个世界充满好奇；对父母孝顺，对邻里友善。感谢我的孩子们，让我享受到为人母的乐趣，感受到生命的意义及喜乐。

一起阅读，共同进入书本的美妙世界

我乐为人母，积极教养孩子。深厚的文化底蕴是我教养孩子的主要工具，父亲的教诲加上那些扎扎实实的书本是我的成长营养，我也要把阅读这个受用一生的礼物送给我的孩子。我的孩子从小就和我一样，读很多书。在工厂里，我有机会看到美国作家赛珍珠写的《大地》——从镇江走出去的她写的中国农村故事，我也鼓励孩子们看这类有趣的书。为了让孩子们多读童书，我们最常去的地方就是新华书店，我的经济条件那时已经很宽裕，所以只要是他们想看的书，就买回来看。出去吃饭时，只要餐厅饭店附近有图书馆，我们一定会进去看书。孩子们看童书，我看我喜欢的书。我的孩子们不是只看童话故事，他们也喜欢看兵器类的书，还有《三国演义》《水浒传》《西游记》《红楼梦》，四大名著是一定要看的。到了晚上，我们每个人都会看各自喜欢的书，我还会做些他们喜欢的点心，读书是非常快乐的时光。后来，我看到一篇文章《愿孩子被妈妈温柔以待》，我很赞同这句话。别人觉得我很强悍，但这么多年以来，只有我的孩子们知道，我的本质是温柔的。当别人问“你们的妈妈是个怎么样的人”时，他们的答案都是：“妈妈是个温柔的人！”因为数十年来，他们都被妈妈温柔以待，与妈妈一起进入书海。

人品的高雅从桌布开始

我努力给孩子们营造宽松、快乐的成长氛围，我们一起去书店、图书馆，一起去看电影，一起吃点心。孩子们喜欢去德大餐厅吃正宗的西餐，有飘香的咖啡，还有炸猪排……当时我的经济状况很好，我们经常出去吃饭，让孩子们打开眼界的同时，希望他们日后不会轻易被诱惑，落入陷阱。

每次吃饭，都是家教的应景教育时刻。通常我们坐下来，就会找服务员来点餐。有一次，我们遇到另一个客人，一个看起来很健康、高大威武的人独自来用餐，我回头对他说："一个人来用餐？好心情！"原来他是一位刚刚从岗位下来休假的潜水员。孩子们一听很兴奋，因为以前他们没接触过这样的人，就问我："叔叔的菜上来之前，可以问问他潜水的事吗？"我让他们自己去问，我是不会帮他们打招呼的，我说："只要叔叔喜欢，就可以。但是叔叔的饭菜上来后，就要迅速离开，回来吃饭，因为叔叔来餐厅是来吃饭的，不是来讲故事的。"孩子们接着笑嘻嘻地过去请教了许多问题。当我们的菜上桌时，我没叫他们，让他们专心听潜水员讲话。但等到叔叔的汤上来时，孩子们就主动说："叔叔，您慢慢吃。"我很高兴，这就是我教育他们的礼貌！我教孩子们餐桌礼仪：离座时，挪椅子不可出声；喝汤时的汤匙的头儿必须方向往外；用餐要安静，不可弄脏衣服，更不可弄脏台布。一般家长有个误解，以为台布是应该要弄脏的，但在真正的西餐用餐礼节中，桌布及餐具都是体面的东西，离桌时都应是干净的。我们不弄脏，并不意味着餐厅不会换这条桌巾——人品的高雅从桌布开始。吃剩的食物残渣也要整齐，要集中往边上靠，便于收盘子的人收拾。我把握每次吃饭的机会，让孩子们学习餐厅文化及餐桌礼仪。

孝顺，从表达爱开始

我让孩子们专心做功课，同时也教育他们要关心大人。爱是一种传递，父母要鼓励孩子具体表现出对父母的爱。父母要教给孩子做人的道理，生活教育则是只可意会不必言传的，身教重于言传。他们看到妈妈从来不跟别人吵架，一直觉得妈妈很伟大，很漂亮，很能干，他们会以具体行动表达对我的爱。

在他们小时候，只要我回到家里，当我手里挂着包、低头拿拖鞋时，孩子们就会主动把我手里的包接过去，把拖鞋拿出来给我穿，接着马上倒水让我洗脸，还有捶背、添饭等，这是他们从小就养成的习惯。

困境之中，才知谁是真朋友

至今，我一直记得那些曾默默帮助过我的好心的陌生人：曾经悄悄塞给我零花钱的老花匠，以及让我吃上一顿饱饭的那些邻居……对他们，我永远心存敬意与感谢。我现在活得很简单，越来越简单！生活再艰难，我也不会表现得很烦躁。我很感恩，惊涛骇浪后能拥有平静生活，幸福地做母亲！

这 20 年铜厂生活，我以劳动为生，以儿女为主，安分守己，专心工作，做好一个母亲。我谨言慎行，获得知音的肯定。我曾经对人性失望，但也对人性充满信心！疾风知劲草，板荡识诚臣！困境之中，才知谁是真朋友。我奉公守法，尽职尽责，用自己的实力，获得“先进工作者”的称号。

在这期间，我也收获了几个知音。而人生有这几个知音就足够了。第一个知音，就是当年我在劳改农场的队长。第二个知音，就是朱津秋。

在铜厂工作的后期，领导发现了我的文化水平较高，于是把我由生产线调到办公室，在工会工作。我的粉笔字很漂亮，因此负责写黑板报。写材料时我也非常小心，从来不会擅自加一个字，减一个字，我的组织观念很强，政治意识不会出错。

这段时间里，我的同事朱津秋成为保护我的人，每当有人想欺负我、对我的婚姻说三道四、对我的人品指指点点时，朱津秋总会第一时间站出来说："沙拉是人品端正的人，你们没有谁能够比得上她！"他义气相挺的一句话，勉励了我一辈子。他还说："沙拉，我相信你做人光明磊落。"我的父亲曾跟我说过，"光明磊落"这四个字常常出现在中国的匾额上，"光明"可能有门槛要求，而"磊落"却是每一个人都可以做到的。我想了想，说："我自认是一个渺小的平凡人，我想我可以做到磊落。"我知道我能做一个磊落的人，我的过去一直磊落，现在磊落，将来也会磊落。我对他说："只是时间或者历史赋予了我污名及丑名，感谢你对我的肯定，我一定会让你看到不同的我。"听完我的话，他说："沙拉，日后你应该会成为一个政治家！"我永远记得这段话。后来每当我面对困境，或者我在情绪低落、心中有不好的念头一闪而过时，我脑子里就想起他说的话"沙拉是个人品端正的人"及对我"做人光明磊落"的信任，我也用他的话来勉励自己。这个世界上虽然有很多人误解我，但也有人知道我是个人品端正的人，想到这里，我甚感安慰。我觉得这个世界上只要有一个人读懂我，这就可以了。

在此，我也要感谢另一个人的知遇之恩，那就是虹口区委常委、统战部部长陈理春！我的处世风格及办事能力，让这个知遇者印象深刻，他曾说："沙拉是我们中国共产党重要的统战对象，她是一个人品端正的人，也是一个有本事、本分，还很本性的人。"这是他送给我的三个"本"。他曾经问我："你幸福吗？"面对领导，我应该实实在在地回答，于是我这样回答："部长，我相信你所指的幸福，一定是指我的婚姻吧？那么，我告诉你，我不幸福。"我们彼此心领神会，所以他给我的评语是："你是这个世界上我见过的绝顶聪明的女人，没有之一。"他说的幸福应该是泛指我人生的幸福指数，但我只能说"我的婚姻不幸福"。他非常关心我，提到属于我的那幢房子，问我为什么没要回来。经历人生劫难的我非常明白：我有权利要回来，但不去要的话，我就能得到平静的生活。我想起了父亲教育我的那些话，我选择了包容和放弃。我特立独行，低调生活，感谢这世上有人读得懂我，我感到很安慰。陈理春给我的评语——"三本"女人，我认为是精准的描述，同时我以我的贵人知音为荣，希望好人好运！

第四章

代父寻根：带着三个孩子去以色列

为了实现父亲的遗愿，我带着孩子踏上寻根之路……这个过程并不是一般人想象的那样浪漫与容易，40 岁的我和孩子们在战火频仍的环境中生存、成长，共同实现了蜕变。

天哪，历史竟然如此惊人的相似

当写到以色列寻根的经历，我一再感慨：天哪，历史竟然如此惊人的相似！父亲是在 40 岁时到了中国，而 1950 年出生的我作为第二代，也是在 40 岁时带着第三代踏上了寻根之路，到了以色列，这个选择，就是为了实现 1962 年父亲过世时我许下的诺言。

我时常在想：父亲 40 岁时漂泊到中国，在上海生活了 30 年，到死也没能回去，他把回归故土的梦想托付给了 12 岁的我……我应该为父亲实现遗愿。而我手上早就有以色列经由香港发到内地、可以让我回到以色列的一张签证，所以我开始积极申请回以色列去看看。每当我想到这件事，脑中就会涌现《乘着歌声的翅膀》这首小时候听得最多的犹太合唱歌曲。有时午夜梦回，我的耳边总会回响着我在父亲墓前许下的诺言："我会代你回到你的故乡的，我一定会回到以色列的！"可我没想到，我历经 20 多年的努力才终于实现父亲的遗愿。

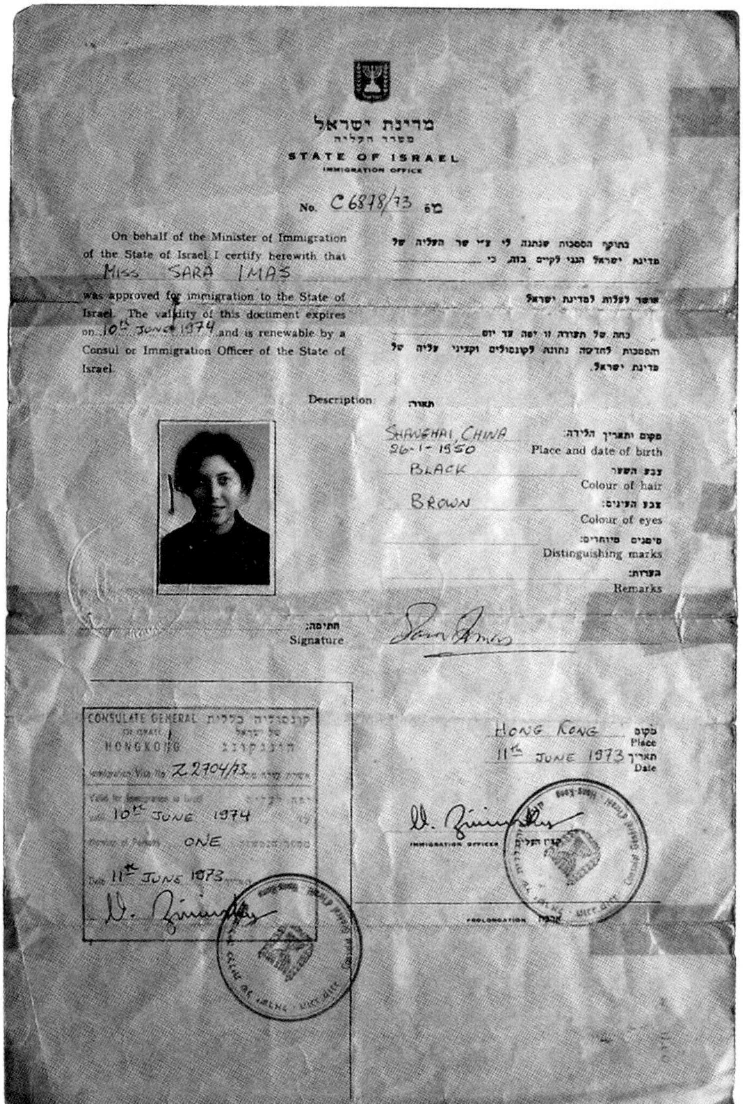

מדינת ישראל
משרד העליה
STATE OF ISRAEL
IMMIGRATION OFFICE

No. C6878/73

On behalf of the Minister of Immigration of the State of Israel I certify herewith that MISS SARA IMAS was approved for immigration to the State of Israel. The validity of this document expires on 10th JUNE 1974 and is renewable by a Consul or Immigration Officer of the State of Israel.

Description:

SHANGHAI, CHINA 26-1-1950 Place and date of birth

BLACK Colour of hair

BROWN Colour of eyes

Distinguishing marks

Remarks

Signature

CONSULATE GENERAL OF ISRAEL HONGKONG

Immigration Visa No Z2704/73

Valid for Immigration to Israel until 10th JUNE 1974

Number of Persons ONE

Date 11th JUNE 1973

HONG KONG Place

11th JUNE 1973 Date

IMMIGRATION OFFICER

PROLONGATION

这张签证与我的一生息息相关，它为我带来喜悦，
也为我带来烦恼，它彻底改变了我的命运

一般人只看到我在《特别狠心特别爱》中提到我在以色列的生活及教养孩子的过程，殊不知这个历程的前后，有着更为惊心动魄、更为曲折的故事。我不是到了以色列才开始认真教养孩子的，我也不是想到就做到、轻松就坐上飞机回到以色列的。寻根之路，或者叫移民，不是一般人想象的那么浪漫与容易，这是一段长达 20 多年、一波三折的历程。

1985 年，为了孩子放弃第一次回以色列的机会

我和父亲是极少数留在中国的犹太人，但是，他的心和所有被迫离开故乡的人一样，总是惦念着自己的祖国。他的遗憾，就是没能活着回国、回家。父亲是 1962 年去世的，那时我才 12 岁，毫无自主能力，为了生存只能任人摆布，但 10 年后，由 1972 年开始，我代父寻根的心越来越炽烈。尤其是当我自己做了母亲后，“养儿方知父母恩”，我特别怀念我的父亲，寻根成为我日思夜想的一件事。我想为父亲实现遗愿，但是没有想到寻根之路是这么漫长、坎坷……

直到改革开放后的 1985 年，上海市公安局发给我一个通知，我被获准出国。我可以选择到任何一个我想去的国家；如果放弃出国，还需要书面回复。这是一次难得的机会，我若不去，可能我以后就永远没机会回以色列或出国，我当然不想放弃这次机会。

可是，那时候中国和以色列还未建交，没有大使馆，所以我只好去日本的以色列大使馆拿签证。我在日本的过境签证满一个星期时，以色列大使馆出面向日本内务部帮我延期一个月，因为移民签证需要多等一段时间。奇怪的是，当我拿到了签证，我反而变得特别犹豫。因为，在那时

选择去以色列的话，我要和年幼的孩子们分离。当时中以还没建交，如果不能和孩子们生活在一起，也不能互相通信，这对于母爱强烈的我是完全无法忍受的事。那时也是无知，其实可以通过香港来转达通信的，可惜没人告诉我。我历经波折，长期奔走及等待，我知道，如果这次放弃，以后很难说还会不会有机会回去。

但是，天下的母亲都知道，对于一位母亲而言，孩子比什么都重要！我知道自己无法抵挡思念儿女的痛苦，最终，感性战胜了理性。任何诱惑都抵挡不了儿女的牵绊，所以，原定由日本飞往以色列的航班起飞的时候，我放弃了登机，而是买了船票，坐船回到中国。因为，我舍不得我的孩子们。为了孩子们，我放弃了这次回以色列的机会。

1992年，中以建交，未能赴北京亲眼见证

1985年，我临阵退缩了，我没有回以色列。虽然我并没有死心，但我已认命，回来后继续在铜厂努力工作，在家里照顾孩子们，过着平静淡然的生活。只有在以色列政府寄钱给我时，我才会想到父亲的遗愿，以及我未能最终回到他的祖国以色列的不孝。

7年后，适逢以色列建国49周年，平时就非常关心时事的我，直觉判断中以即将建交，所以就兴奋地打电话询问驻香港的巴勒斯坦代办处(当时中以还没有建交，所以还不叫以色列领事馆)。果然被我料中，代办处说：1992年1月23日，以色列副总理兼外交部部长利维会为了建交的事乘飞机到北京，并建议我这个目前所知在中国仅存的犹太后裔去机场迎接他。我听了高兴得不得了，当即表示我一定会去机场迎接。

中以要建交了！我真是太开心了，挂断电话后就匆忙把自己的行装整理好，把买火车票需要的户口本及车费都准备好，同时把早就准备好了的两面中以小国旗也放进行李箱。我那面小小的以色列国旗，可以说是得来不易的。当时在中国找不到外国的国旗，但一次机缘巧合，我接触到一家以色列杂志的工作人员，我问他有没有以色列国旗，他就给了我一面小小的、用来插在车上的国旗。我另外找了一面大小差不多的中国国旗，准备挥舞着这两面国旗在机场欢欣鼓舞地迎接利维部长！当一切都准备好，我就像一个要上台接受颁奖的小学生一样，开心地准备出发去北京。

我的纪律意识很强，已经养成一种习惯：不管去哪里，凡事都要提前向领导汇报。所以很自然地，我马上去跟我们单位领导报告："报告书记，我要跟您说一下，我要到北京去迎接以色列副总理兼外长利维。"我是那么兴奋，无法压抑心中的喜悦。书记问："你要去北京？什么时候走？"我说："明天早上。"书记没说什么，我就回家了……

我想去迎接以色列副总理兼外长利维，但不知出于什么原因，准备好行李及车票的我被阻拦了。1992 年 1 月 24 日早上 10 点，中以建交了，而我只能从新闻里见证这件让我欢欣鼓舞的事。

中以建交后，我决定要合法地、光荣地到以色列寻根

以色列是第一个承认中华人民共和国的中东国家，在 1950 年 1 月 9 日，以色列就宣布承认中国。但是，直到 1992 年 1 月 24 日早上 10 点，以色列才与中国正式建交，两国在钓鱼台国宾馆签署了建交公报。这是多么具有历史意义的一刻！我很想参与见证，但我错失了到北京见证历史的

机会。事后在报纸上看建交新闻，我喜极而泣，但夹杂着沮丧与喜悦的心情，当天就带着孩子们出去吃大餐。我知道我再赶去北京已没有意义、没有价值了。我的大儿子的名字为什么叫“以华”，就因为我的生命是离不开中国和以色列的。而神奇的是，建交的这一天和我大儿子的生日是同一天，我觉得这是冥冥中的天意，因此我决定，这一次我要合法地、光荣地到以色列寻根。

为什么我要去以色列？

我出生并成长于上海，中国就是我的家，很多人就会好奇：我为什么要去以色列呢？第一个原因很简单，以色列是我父亲的家乡，是他生前魂牵梦萦的故乡，身为他的独生女，我想要去以色列看一看。而作为最后一个留在中国的犹太后裔，遥远的以色列一直是年轻的我梦中停驻的一朵云彩。尤其在做了母亲后，我更深切地体会到父亲的遗憾，也越来越难以摆脱这份乡愁。第二个原因，就是中国和以色列正式建交，我感觉到以色列的呼唤越发热情，强烈的寻根意念更加坚定了。那次被挡，也成为我决心要回以色列的最主要动力。我决定要以正式出国的方式去以色列。我告诉自己，一定要做个光明磊落的人——合法地出去，风光地回来。此外，我还有第三个异想天开的念头，我听说犹太人的富有和聪明，源自他们享誉全世界的家庭教育观，所以我想去以色列取“教子经”。当时，我是个离婚的单亲妈妈，是个失败的妻子，但我非常想做一个成功的母亲。我想去以色列学习，我本来就具备中国文化的底蕴，再加上以色列文化的营养，我想成为中以两种深厚文化的传承者。

1992 年在北京办签证：总领事的两杯咖啡

中以建交后，我高兴地带着 1971 年以色列政府发给我的陈旧邀请信，到以色列驻北京总领事馆办签证。总领事听到是我来了，直接让我进他的办公室，热情欢迎我。一坐下来，总领事问我：“你喝咖啡吗？”我没有说“不”，但也没有说“好”，我照父亲的教育，说了句“谢谢”。“谢谢”的意思可以是要，也可以是不要，这是个中性词，让主人做决定，这就是犹太人的礼貌。

接着他立即让人倒了两杯咖啡，这让我特别感动，这不就是我父亲教我的待客之道吗？父亲曾教育我：**“家里来朋友时，一定要倒两杯咖啡或茶，喝不喝是一回事，就是不能只给客人倒一杯，自己也要有一杯才是礼貌。”**记得小时候的我还反问了一句：“如果我不想喝呢？”父亲说：“不行，一定要倒两杯，你要陪客人喝。”所以看到那两杯咖啡，我特别感动，因为体验到了父亲所说的犹太人的待客之道，这让我对到以色列这个犹太国度更为渴望。接着，总领事当场就给我签了字。同时，我也提到了我的三个孩子，需要他安排好后续的申请手续。

我心中的美好蓝图是：我先去做好生活安排，等孩子们的签证完成后就让他们跟过来。总领事很主动地帮我把那边需要的手续都办好了。就这样，我开始紧锣密鼓地筹备着，到时在以色列和孩子们团圆安家，开始新的人生。我决定一拿到签证就出发。

拉宾接见“中国第一个移民以色列的犹太后裔”

我本来计划当年6月出发，但没想到5月初我就拿到了签证。这签证实在得来不易，当天我激动地亲吻了那份文件。我特别挑选了5月26日上飞机，也是很有意义的：5代表我，2代表良好的良，6代表快乐。当飞机起飞时，我的心也随着飞机腾飞起来。那时，我的想法是：我终于可以看到一片新天地，终于可以有一个自由发展的空间了，而这是付出多么大的代价才得到的结果啊！

除了那么多年的努力和煎熬，这次去以色列，我得先打前站，做好安顿及适应工作。既然我要先去，就不得不把孩子们分别托付给养母及前夫，不得不把存下的钱都交给他们，最后我只能留下少少的一笔救命钱备用。我在包里揣着辛劳半生仅剩的一小笔钱，望着机舱外的蓝天白云，不禁鼻酸心痛起来。我在高空中喃喃自语：“阿爸，我回来了！”是的，为了寻根，我所付出的代价不知道有多大，但在我40岁时，终于坐上了回以色

1992 年我离开上海时特意去拍全家福，
当天我穿着拖鞋，店员借给我一双男鞋才拍好

列的飞机，算是完成了父亲的遗愿，实现了他的梦想，所有的损失及代价我都心甘情愿接受。过去，我的心里有许多想做但不能做的事情，因为身份的限制，我想去的地方不能去；我爱写诗，但不可能发表在杂志上。我曾想过，如果允许我写诗发表，可能今天我就是个诗人了。我渴望新生活！怀着思乡的期待，我在飞机上沉沉睡着，进入梦乡……而当时的我并不知道，等待着我的是更严酷的生命挑战，而并非我以为的浪漫寻根之旅。

感谢朋友的接待和媒体安排

我落地时，机场没有人接我，因为我不认识这里任何一个人。在上海时，有一个朋友介绍我去找一位邱先生，他是中国台湾人，在海法开餐厅，朋友介绍我去这家餐厅打工，同时他跟我说："你到了以色列，不要直冲移民局，而是要先去找这家餐厅的老板。"我听从他的意见，落地后先去了餐厅，立即受到邱先生的接待。

我没想到的是，这位邱先生的朋友阿宝，真是既聪明又神通广大，他竟然马上联系媒体来采访，第二天我就上报了。报纸刊登了我正式来到以色列的新闻，标题是《中华人民共和国第一个移民以色列的人》以及《第一个由中国回以色列的坚强女性》。我成了新闻人物，走在路上好多人都能认出我，想与我拍照，从此，就有许多媒体来采访我。这真是无心插柳的传奇。接着，海法当地学中文的留学生也纷纷来帮助我，协助我到移民局去填表。其中，我特别感谢一对夫妻，他们是海法大学的犹太朋

העולה הראשונה מסין לאחר חידוש היחסים

מאת אריה קרול, כתב "ידיעות אחרונות"

23.6.1992

我承载着两个世代——我父亲及我自己的家庭来到以色列

友莉莉亚和她的先生，他们协助我办理移民手续，一直不厌其烦地指导我，陪伴我，他们为人善良、热情，让我至今难忘。

在这里，我感受到了回归家园后的无比自豪，这种感觉真好。我，真是太幸运了！感谢那些朋友。所谓“在家千日好，出门步步难”，“在家靠父母，出外靠朋友”，我真的感受到，我是离家了，我是出国了，我已开始全新的生活圈，等待新的人际关系了。

意外受到时任以色列总理的拉宾接见

以色列对回归家庭非常重视，移民家庭被高度推崇与照顾。所以，时任以色列总理的拉宾到北方视察军营时，知道我这个“来自中国的第一个犹太移民”就住在附近，就立即让人安排接见我，这真是令我无比感

意外受到时任以色列总理的拉宾接见

动、无比激动的一刻。这是命运使然，还是必然？

拉宾总理接见我，与我合照了一张宝贵照片，使我立即成为以色列的经典人物。只是没想到，半年后，他就被刺身亡了。但是从此我多了一个困扰，那就是有人认为我很喜欢并且善于媒体炒作，事实并非如此。我的原则是，你不找我，我绝不找你，除非你找我，不然我是属于隐居在家的人。在公共场合，我从来都不会想要和名人搭讪或要求合影。若没有人邀请，众人合影时我也不会凑过去合照。我总是铭记父亲的教导：不要强出头。

朝思暮想的国度，并非想象中的“伊甸园”

接下来，我忙着安顿自己，同时准备孩子们的移民申请，期待与孩子们团聚。

希望我的脚步和心情与鲜花一起开放

记得抵达以色列的第二天，我路过一家鲜花店，就在鲜花店前拍了张照片留念，目的是要以这张照片作为见证，我要让自己的脚步和心情与鲜花一起开放，让我的微笑给孩子们带去勇气和力量。其实当时我的内心非常忧虑——为未来忧虑，为未知恐慌，因为有一大堆的事情像沉重的石头般压在我心头。我的忧虑果然成真，我朝思暮想的国度，并非我想象中的“伊甸园”。

逆境中求生存：42 岁艰苦地重新学一门艰深的语言

在这里，语言是我面临的最大障碍。原来我以为我会说犹太人的语言，到了这里，我才知道我的语言并不通行，因为父亲教我的衣地喜语是很古老的语言，在以色列早已不通用了，我必须要攻克语言关！

于是，42 岁的我苦攻很难学的希伯来语，而希伯来语实在不容易学，但我必须逼着自己学习。比如我去买盐，就会问邻居“盐”这个单词怎么说，然后我就一路走一路念，一直念到卖盐的店里，我强迫自己硬着头皮学会必须要用的生活用语。我用最原始、最笨的方式，到商场里指着架子上的商品，问别人这是什么，然后用中文记下发音，重复记忆，有时候一个早上只能学会一两个单词。除了在商场学习名词之外，我也运用在街头摆摊的机会，专门找老人聊天，向他们学习希伯来语的日常用语。因为老人空闲时间多，又爱聊天，我们通常一聊就能聊半天，可以很好地锻炼我的口语。

和街坊邻里聊天，也是学习语言的最快方式。我会想方设法与当地人交朋友，通常会在家里准备许多拿得出手的东西当礼物，以便与人亲切沟通。

不到半年，我就掌握了希伯来语的主要日常用语。我很庆幸，我在很短的时间里学会了希伯来语，我自认有些语言天分，比如四川话、广东话、苏北话、宁波话，我都能随口说出来。虽然学习语言、适应新生活的过程很辛苦，但我从来没有想过放弃，倔强的性格让我坚持了下来，**因为我永远记得父亲的教导：要在逆境中学会生存。**

在餐厅义务帮忙 6 个月，学习餐厅管理

为了感谢餐厅邱老板在我落地后的亲切接待，也因为我还没有身份，不能打工，我在这家中餐厅里义务帮忙作为回报。每天我都看着内场的厨师怎么配菜，怎么做菜，外场的服务员怎么接待客人，怎么和客人交流……相当于是在做中学。我在餐厅帮了 6 个月的忙，不但学会了与人交流的基本用语，也看懂了一家中餐厅的运营流程。我手脚麻利，换盘子的速度飞快，成了餐厅里

1992 年在海法，我和邱老板在他的金龙餐馆前合影

的得力助手。我主动做事，内场外场哪里缺人我都自动补上，老板和上上下下的员工都很喜欢我，而我把这一切付出都当作学习！

忍受越南餐厅的恶意待遇

好不容易，我终于拿到自己的身份，就立即跑到耶路撒冷打工，这样方便我到移民局为孩子们办移民申请手续，这是我最重要的事。那真是很漫长的一年时间的等待。孩子们一天天地成长，我不愿错过和他们在一起的每一天，我好期待与他们在一起享受天伦之乐。

我到了一家越南人的餐厅打工，在这里，我做外台服务总是得到客人的赞许，收到很多小费，我都把钱放在公有的小费瓶子里。但是，我经常看见老板以“要找钱换钱”的理由，把手伸进那个瓶子里拿走大钞，到了晚上，瓶子里只剩下一些小硬币。因为想到父亲“不要与人争利”的教诲，我从不作声。但我对老板真正的感觉是：你身为越南难民，却这么没有公德心、同情心、同理心，没有想到辛苦打工的服务员都需要小费吗？我并不是难民，是在你店里打工的正规员工，每天中午 11 点开始整理环境，由铺餐桌桌布到伺候客人吃饭，直到打烊，做到凌晨 1 点钟，工作时间长达 13 个钟头，你还要抢我们服务人员的小费？我对他的行为感到不齿，但我不吱声，也不说破。这段时间我跟他的越南工人一起睡在条件很差的宿舍里，每天夜里收工时，我都累得几乎要在洗澡缸里睡着。我这么辛劳地在这个地方工作，2 个月后，老板还想不给我工资，我就把移民局跟我沟通的文件，还有报纸上登的我的新闻给他看，他才不敢不给我。我在以色列遭遇到这样的状况，说真的，和我的预期实在相差太远。但我甘愿忍受餐厅老板的恶意待遇，只为等待孩子们的申请流程尽快走完。

寻根之路，不尽如人意，不如想象中浪漫。

不希望三个孩子坐同一架飞机

回想孩子们前来以色列的过程，也是不容易的。首先，我要把他们分别托付给养母及前夫，接着又怕他们不能安全来到我的身边。当移民局通知我，确定孩子们将由以色列驻北京大使馆的人员送上飞机时，我专程去移民局商量：“可不可以分两架飞机把我的孩子们带过来？”

不怕一万，只怕万一！儿女对我来说是最重要的，因此我不想让三个孩子都搭乘同班飞机，在儿女的问题上我经不起任何打击。我不能把所有的鸡蛋都放在一个篮子里，所以我请求移民局分两架飞机！虽然我还花钱让保姆陪着他们坐飞机，但是我还是不放心。我看那位移民官不懂我说的“不怕一万，只怕万一”，我想要解释清楚，就写了一个“一万”和一个“一”，那时我的希伯来语还不是很流利，用英语也没能说清楚，我只好用手脚比画，拼命跟他解释：“一万中间有一个一，它对你没什么，只不过是一万比一，但对我来讲，一就是一万。”但是那位很帅的男移民官——我至今还记得——他非常果断地告诉我："首先，你的要求我能理解，可是请你相信，在以色列，没有飞机有'一万'和'万一'，以色列航空是百分之一百的安全。"他告诉我："我的孩子今年12岁，他从8岁开始就来回飞，去看望他的祖母，都是自己一个人。所以，孩子一个人都可以飞的，更不要说你还买了保姆的票。"我急了："你跟我说，你的孩子可以飞来飞去，可是我跟你讲，我的孩子们不能这样飞来飞去，因为他们不是你的孩子。"那个移民官跟我讲："为什么要分乘两架飞机？我们以色列航空公司从来没有出过意外。"最终，我的要求还是被他否决了，我的孩子们，还是被安排乘同一架飞机。

1993年的5月26号清晨，我已坐在机场等了半夜，但一切辛劳在我的孩子们顺利到达、出现在出口的一刹那都值了！我等到了我的三个孩子，最大的14岁，最小的只有3岁。所有的劳累，都化解了。我们一家终于团圆了，母子快乐得拥抱在一起。

我的孩子们坐飞机抵达以色列时，首先体验的场面就是机场的盛大欢迎仪式，我也非常讶异，当天有许多镁光灯及记者出现在眼前，孩子们也感到非常新奇。一下飞机，每人就得到100谢克尔的红包，他们对于自己是犹太血统的身份，有了不同的体认。保姆告诉我，三个孩子因为是第一次出国，他们在飞机上就叽里呱啦地兴奋不已，坐飞机对他们而言是一次奇特的经历。落地后又见识了记者见面会的阵仗，他们更兴奋了。因为在过去，我们是默默无闻的小人物，而现在，我们成了新闻人物。

其实，孩子们在中国等待时就已有感受，使馆不断地派人去联系他

兄弟俩从上海出发前一脸喜悦

们，又有专人由北京大使馆飞来上海为他们安排，我们的所有费用都是使馆出的，上海市公安局也总是以最快的速度为我们办手续。我们身为半个外国人，之前有时候也会被排斥，但孩子们高兴地告诉我，自从知道他们要出国，邻居小伙伴们都很羡慕他们，因为在那个年代，出国是不容易的。我们都非常期待见面，也因为备受礼遇而极为兴奋。

离开喧哗陌生的媒体人群，我们在人们好奇的目光下离开机场，而接下来的行程，就让孩子们的表情及心情逐渐改变了……说真的，我原本以为以色列移民局至少会把我们安排在海法之类的大城市，没想到，他们把我们一家安排在毗邻黎巴嫩的一个边陲城镇——谢莫纳（Kiriat Shmonah)，那是个位于胡拉谷地西北部、仅有 22000 人口的小镇。

由十里洋场来到偏远小镇谢莫纳：落差太大的打击

刚到以色列时，一切并不如预想的那么美好，但我们也见识到许多非预期场面。机场的盛大欢迎仪式后，我们就离开机场，听从移民局的安排，当天就坐车前往住处。

本来孩子们坐上车还像小喜鹊一样叽叽喳喳，但顺着起伏的公路向以色列北方一路奔驰，孩子们发现，怎么窗外的景色越来越荒凉，越走越偏远？窗外是山连山的地方，他们开始感到失望、愕然、不习惯，这里跟高楼林立、繁华喧嚣的中国上海比，真是太简朴、太肃静、太落后了。他们的心情开始下沉，晴转多云的表情越来越僵硬，他们怯怯地问我："妈妈，我们为什么要来这里啊？我们要去哪里啊？"

其实我也越看越失望，但我不能让他们失望，只好用移民局官员告诉我的说法来安抚他们，提振他们的精神："因为那个地方培养出了以色列最优秀的外交官啊！"车子开往越来越偏远、风景越来越荒凉的地方，孩子们的表情也越来越凝重，越走越疑惑自己的家怎么会在这么原始的地方……但客观地说，谢莫纳镇还是很美的：望远处，巍峨的黎巴嫩雪山映入眼帘；朝前看，花草树木郁郁葱葱。孩子们在上海长大，从来没见过雪山，听说这里冬天有雪，他们马上又兴奋起来。

经过长达 3 个小时的车程，车子终于驶入了谢莫纳。当我们到家门口时，大家的表情一下凝重了。我们停在了几幢敦敦实实的老旧白色楼房前，这种房子就和我小时候住过的上海犹太联合会的房子格局一样，这里也是把上面三层设为住宅，底层没有间隔，可以当球场，专门供小孩玩耍。而白色楼房里的住户们听说来了中国移民，都非常热情地出来看望我们。靠着父亲生前教我的一些古希伯来语，我开始跟他们做一些简

谢莫纳镇，我们的家在中间那一层

单的交流。我们的邻居是朴实热情的摩洛哥人，邻居们的小孩很热情，主动帮我们把行李拿上楼。我们家在9号房间。

屋外阳光明媚，但室内的光景让我们的心情落到谷底……这是套老房子，三室两厅两卫，100多平方米，虽说空间是够大的，但这个家只能用简陋来形容。除了外观的简陋，内部的陈设更是让我们目瞪口呆。室内空无一物，说话都有回音，而且房子里竟然没有床！我们曾经居住的上海是个大都市，市容景观何等大气，孩子们看到这样凄凄惨惨的室内景象，面面相觑，都说不出话来。沉默了一会儿，女儿大声哭了起来，其他孩子也哭了起来，但这不能怪他们，坐了一趟飞机，落地后在机场享受了短短的掌声欢迎及荣耀，接下来的经历是越来越荒凉的车行景观及接近“家徒四壁”的家居空间，这个落差实在是太大了。年幼的孩子们越哭越大声，我当然也很失望，但我把怜惜他们的爱心藏了起来，因为，成功的母亲一定是兼备爱心与狠心的。我决心稳定大家的心情，就说：“只要屋顶不漏水，水龙头有水喝，晚上有灯用，我们就可以在这里生活。”当晚，我们没有东西吃，好在邻居是餐厅老板，给了我们一些素丸子，就这样，当天晚上用它们充饥顶了饿。

睡在纸板上的第一夜：从天黑期待天明

空荡荡的房间里竟然没有床？这是个现实问题。我马上承诺："明天我们就去买床！明天我们一定就会有床！"孩子们抱着自己的行李，一副想放在地上又不想放的样子，一脸沮丧地问我："妈妈，我们晚上怎么住啊？""孩子们，别担心，让妈妈想想啊。"我回答道。

当天已经很晚了，怎么办？那一刻，我真是不知道哪里来的无限勇气与智慧，趁着太阳还没有下山，我赶紧跑下楼，在街上找了几个别人废弃的大纸箱子，拆成纸板铺在地上，然后再拿出行李中的鸭绒被褥当被盖，饥肠辘辘的我们吃了邻居送来的丸子后，在纸板上度过了我们在以色列的第一夜，我们一家四口就这样一起拥抱着入睡，凑凑合合地过了夜……

当晚，孩子们失望地不停哭，哭累了才渐渐入眠，我很心疼，但没有安慰他们，因为我不希望他们软弱，我希望他们遇到困难时学会坚强。

我曾经历过家道中落，知道怎么面对生活的巨大变化，所以不会用廉价的同情与无助的语言去宽慰孩子，我希望他们也学会这种生存本领，所有辛酸苦辣都在自己的眉间一闪而过。

由黑暗开始迎接明亮

中国人的传统是再穷也不要穷孩子，但在这里，我们需要全家一起体验穷日子。维持一个家庭命脉的，不是家长对子女的权威，而是家长的乐观与爱。正是这豁达的乐观和敢赴汤蹈火的爱，才是一个家庭的精神家园，是一个家庭遮风避雨的港湾，是一个家庭不停运转的动力。

半夜里，我听到两个儿子爬了起来，走到阳台上……我也悄悄地爬起来，走到阳台上，和他们一起静静地看着天上的星星。大儿子或许是哭得太累了，我看到他擦干眼泪，停止了哭泣。我们母子看着满天星斗及远处的城市灯光，我对他们说："明天一定会比今天更好。"我抱着孩子们说："孩子，一切都会有的。这个地方的繁华程度是比不过上海，可是，它会给你们一个全新的学习环境，是你们成长的摇篮。你们知道犹太人出过多少世界精英吗？他们就是榜样。等过个半年，你们把希伯来语学好了，妈妈就努力搬去特拉维夫或者耶路撒冷，妈妈希望你们有美好的未来。妈妈爱你们，妈妈保证，会让你们在这里快乐地生活。"我带着孩子们在夜色中玩起"剪刀石头布"，大拳头小拳头比画在一起，简陋的家里洋溢着欢声笑语。就从那一刻开始，我的儿子们不再哭了，他们懂得这是必须要接受的现实。是的，我的儿子们从此不再哭泣，从第二天开始情绪就好了。孩子的心是六月的天，绵绵阴雨一过，马上又是晴空万里。

一般人习惯认为一天就是从早到晚，但在犹太人眼中却完全相反。犹太人的一天，是从日落开始的。很多人很好奇犹太人的这种时间观念，为什么一天要始于日落？犹太人认为，与其“从明亮中开始，在黑暗中结束”，倒不如“从黑暗中开始，在明亮中结束”来得令人欣慰。

犹太父母的“乐观表达法”：Yeheyebesedr

我用坚定的语气告诉他们：“明天一定会比今天更好！Yeheyebesedr（一切都会好起来的）。”这是我每天早上起床后对孩子们说的第一句话，也是地道的以色列父母的口头语。作为一个平凡的女人，此时此刻，我有理由忧伤哭泣，甚至对未来充满担忧，可是作为一个成熟的母亲，我必须乐观、坚强、从容，必须做好这个家的排头兵。

从我自己建立一个家庭，到成为三个孩子的母亲，我始终都没有忘记犹太父亲的教诲：让家里洋溢着欢声笑语。生活现实是教育孩子的最好教材，父母对生活的热爱、执着，不怕困难的态度和坚强的意志，是孩子面对挫折时最强有力的精神支柱。都说贫贱夫妻百事哀，似乎经济状况最有可能打垮一个家庭的凝聚力，其实，家庭凝聚力最离不开的是家长的乐观与爱。回想小时候，父亲向我展示的生活态度，就是犹太父母推崇的“乐观表达法”。犹太父母在和孩子相处时，会跟孩子说：“快乐幸福地过好每一天，就是生活的目标。”是的，我也经常听到父亲说这句话，这就是犹太民族世代相传的家教精神。

我的乐观会让孩子们也觉得现实、生活与未来都是乐观的。孩子们对世界永远充满好奇，对前途保持乐观，我认为没有什么事是他们办不到的。

许多家长在想方设法地满足孩子各种需求的同时，应该思考一下：家长最应该给孩子的东西是什么？家长最应该给孩子的东西绝不是物质，而是家庭团体百折不挠的乐观精神，是家庭团体坚强自信的品格，是一家之长对孩子无怨无悔、富有成效的爱。只有这乐观和爱，才是让一个家庭屹立不倒的精神源泉，让孩子离开家后对家、对父母永远眷恋。

直面战火，战争经历让我的孩子们学会坚强

抱着 Yeheyebesedr 的乐观信念，我们接受了谢莫纳的偏远，接受了房子的简陋，但最没有预料到的是：我们所住的谢莫纳，竟然就位于战火中的戈兰高地。

本来想到骨肉终于团圆了，虽然生活条件简陋，但我还是很幸福的，因为一家人就此安定下来。我正幻想着无忧无虑的家庭生活，可没想到孩子们到达谢莫纳时，正是巴以冲突升级的时候。我们在最危险的时候，来到了最危险的地方！屋外经常会有实弹演习及由黎巴嫩飞过来的炮弹。我们一落地的“震撼教育”，就是前半生从来没有经历过的炮火！每天，我们都能听到可怕的爆炸声。事前没有人告诉我们会这样，我们做梦都没想到会直面战争的炮火。炮火笼罩着我们，孩子们初到这里的前两个月里，几乎都在防空洞里度过。天哪，以色列给孩子们的最早印象，竟是战争！这是真实的战争，不是电视、电影里的战争。

有秩序的战地生活

不过，每当炸弹来袭时，我们通常会提前一小时得到通知，因为对方准备袭击时，导弹部队及车子开始部署开动，就会有警报，这边就会立即通知民众进入战备状态。以色列有最优秀的特工，会提前通知民众 10 分钟后会有炮火来袭，那时马路上的人就会立即奔到防空洞。不同肤色，不同人种，陌生人也都会很团结，有时一部车子会挤上 10 个人。大家都会快速离开街道及住房，钻到每一栋民宅下面的地下 3 层地下空间，也就是防空洞。

我们也很快就学会了，炮火来袭之前，一听到预警的声音，就赶紧避到防空洞里。在防空洞里，有时会待上 3 天。地下的世界，是个奇特的地方，虽在地下，但物品及设备齐全，食物、饮料、空调都有。地下室里通风良好，有干净的床及垫子，会有人来投放面包、牛奶、奶酪这些标配的生活必需品。当地人应该是习以为常了，所以都是不慌不忙地进入，又神情自若地等待出去的通知。空袭严重时，有相当长的一段时间，整栋楼的人都居住在一起。因为轰炸是经常性的，所以，地下室防空洞生活也成为人们的日常生活，我们经历了非常有秩序的战地生活。

在战争中成长，成为强壮优秀的人

当轰炸过后，警报解除，我们和躲在防空洞里的人们一起走出来，街上随处可见残缺的尸体挂在墙上或树上。第一次亲眼看到这种景象时，我们都吓呆了。

我和别的母亲不一样，不是保护孩子们不让他们看到恐怖画面，相反，我经常在轰炸后和孩子们一起观看爆炸后的场面：防空洞的上方还烟雾缭绕，空气中都是烈火产生的浓烟，有时还带着人肉被烧焦的强烈气味。那时，我会搂住孩子们说："如果你们能在战争当中成长，你们将成为强壮优秀的人！"这就是我的教育哲学。

战争越来越残酷，人体炸弹事件也愈演愈烈，那时的街上随处可见的是残破的建筑与尸块……我们做梦也没想到迎接我们的寻根之旅是这样的。但是，我心中有一个声音："这种战争磨炼会让我的孩子们学会坚强！"同时，我也对过去生活在中国的平安感到庆幸。虽然面对战争不是我来到以色列的本意，但是能有这些经验，我知道我的孩子们不可能成为"顺二代"，这对他们日后的发展肯定是有好处的。

"防空洞"教室

躲在防空洞里的日子有时长达好几天，当时我们觉得很无奈及无聊，但是回想起来又很有意思，因为我想到了充分利用这段时间的妙方。

外面在轰炸，在防空洞里的我本来带着孩子们在看书，后来想到应该让孩子们把握机会，和防空洞里的其他人互动。我又想到，没有钱给孩子们请补习老师，何不充分利用这段时间？于是我让孩子们带着扑克牌去和当地的小孩玩牌，在防空洞里，孩子们通过玩牌跟其他孩子学习沟通，同时也学习数学。这样，他们不但收获了友谊，而且轻轻松松就把希伯来语的数学学得很溜了。我一直认为语言就是一种生活的工具，最好的学习就是在日常的环境里，向周边的人学习。因祸得福，防空洞成了孩子们快速融入社区的好场合。

我们一到以色列就体验到的防空洞生活，
孩子们快速融入了社区

三次死里逃生的震撼经历

在以色列，有好几次我都是死里逃生，至今回想起来都还会觉得毛骨悚然。

第一次死里逃生：意外逃过直面小偷的一劫

第一次死里逃生，就在我给孩子们接机的前一天晚上。为了能在清晨及时赶到机场去接孩子们，我拜托海法我最熟悉的邱先生帮忙，晚上在他的餐厅这里寄宿一晚，第二天一大早再赶到特拉维夫机场接孩子们。他给了我餐厅后库房的钥匙，让我得以栖身一个晚上。

没想到，当天晚上，我用那把钥匙开门想进入房间时，却开不了门。难道他把钥匙换掉了？还是他反悔了？或者他怕我带着三个孩子就此住了下来，以后可能会赖在他的餐厅不走？我想他估计是怕日后赶不走我们，又不好意思明说，所以就用这个办法来拒绝我进门。可我怎么会想赖在他那儿呢？我只是想方便第二天接机，之后我们就会去移民局为我们安排的“家”啊！

确认是锁被换了之后，我带着难过的心情黯然准备离开，但听到楼上有啪啦啪啦的声音，当时觉得很奇怪，但我已被关在门外，想想人家不欢迎我，也就管不了那么多，默默离开了。我只好坐车直接去了机场，在半夜到达机场后，就坐在大厅里等孩子，等到天亮的班机落地。

到了第二年过年时，我带着孩子给餐厅老板邱先生拜年。我感谢他，是因为邱先生常常给我很多很中肯的建议：“不要太乐观，这里不像你想象的那样，在这里生活是不容易的。”表面上他是泼我冷水，但实际上是要让我冷静面对真正的移民生活。**记得父亲教我，“哪怕别人只对你做了一件好事，就不要计较他对你做的坏事”，**所以，我不跟他记仇。没想到，当带着孩子们去答谢他曾经对我的帮助时，他却主动告诉我一年前那天晚上发生的事：“沙拉，锁不是我换的，是我的合伙人张先生换的。我要告诉你，你是好人，我是坏人。但还好是这样，因为那天晚上楼上来了小偷，如果没换锁，你一个女人睡在里面，就不知道会发生什么可怕的事，没准儿别人会杀了你。”

原来那天我听到的啪啦啪啦的声音，就是小偷正在翻箱倒柜的声音，他说那天他们损失惨重。我听了全身发麻，因为如果锁没换而我进去了，我第二天可能就……要知道，当天我所有的钱——母子赖以生存的所有资金都带在身上啊！我身上的钱就是所有的家当，那是我们的保命钱——1万美金。父亲曾教导我财不露白，我没敢把那笔说大不大但说小也不小的救命钱存在银行里，因为我不想让移民局及周边的人知道我这个单亲妈妈身上有这笔钱。我从小因为“钱”而吃尽苦头，我不想再发生“怀璧其罪”的悲剧！

那天，我把全部的钱都带在了身上，若上了楼，不就命也没了，钱也没了吗？想到那天夜里我极有可能会碰到小偷，他若看到我，首先我口袋里的钱都会被抢走，其次我可能被灭口，那我就没有办法第二天到机场去接我的孩子们了……

好在餐厅的锁被换，让我逃过可能被小偷劫财劫色甚至劫命的悲惨命运，这是我幸运避过的第一次劫难！

第二次死里逃生：提早下车，逃过人体炸弹

那天，儿子们都在面包房里工作，我去餐厅打工，本来应该是坐到巴士总站再下车，但是那天不知怎的，我总是闻到很浓的铁锈味，感觉特别恶心，不舒服，于是车子刚刚离开德辛考夫总站，我就要求司机停车让我下车。当时还有一位孕妇，不知为何，她也跟着我下了车。

然后，没走几步路，我就看到前面的那辆公交车爆炸了！就在我下车后，一声巨响带来好大的灰烟，把那车上的司机及40多名乘客全炸飞了！好多人都被炸到街道墙上，我和那位孕妇当场被吓呆了。车上的乘客全部因为有一个“人体炸弹”而遇难，如果我没有因不舒服提前要求下车，那么，我就会是那堆尸体中的一个，而我家中还有三个未成年的孩子等着我回家呢！大难不死的我，被人们认为洪福齐天，而我没有告诉别人我是提前下车，我不想把这件事说得很神奇。因为我知道，这是上天眷顾我，知道举目无亲的我有三个孩子，保佑了我，不让我死。

想到这一劫，我真是全身汗毛竖立，惊骇及庆幸不已。这种惊恐与震撼，是没有经历过的人永远也无法体会的。在当时，天上有掉下来的炮弹，街上也有恐怖分子、人体炸弹……每天照常上学及谋生的我们，处于朝不保夕、随时有生命危险的生活空间里，所以，到现在为止，我都还保有这个习惯：每天出门时一定会在包里带两根以上的橡皮筋，一根短一点，一根长一点，以备如果碰到袭击受了伤，长的可以用来止住大动脉出血，短的可以止住小伤口流血。在以色列的这段时间，我时时做好准备，如果有人攻击我，或是我在车上遇到爆炸，那么橡皮筋就能派上用场，不管是自救或是救人都会有用。这些，都是战争遗留下来的习惯，已经成为我条件反射般的生存技能。之前根本想象不到，我在以色列会经历战

公交车爆炸后受波及的商店惨景

地生存考验，从此养成随身带着橡皮筋的防身救命习惯。

第三次死里逃生：未爆弹打进我的家！

第三次死里逃生，是2002年那年，我家飞进来了一颗炸弹！庆幸我们都不在家，因此没有人受伤。我的邻居打电话通知刚好回上海办事的我：一颗炸弹由厨房窗口飞进我家了，但奇迹般地没有爆炸。我赶紧通知在特拉维夫的女儿，她回家看了看，告诉我家里的实况：炸弹斜斜地打到冰箱，但并没有打穿任何东西。因为炸弹很烫，所以冰箱的门被烫得卷起来了。我们命大，人都不在家里！幸运的是，这颗炸弹没有爆炸！而且以色列政府因此赔了我两万美金的战争赔偿款，我只损失了一台冰箱！回想起来，真是万幸，当天我们都不在家，等于我们又逃过一劫！

经历过三次死里逃生，我真真切切地感受到生命的可贵以及生存的意义，这也让我更加坚强地面对人生。

孩子们好像学不会希伯来语?

不管生活环境多么不理想，不管炮火多么频繁地从我们头上掠过，孩子们就学的脚步是不能停歇的。按照规定，每个来到以色列的新移民都要进入语言学校，先接受为期 3 至 6 个月的希伯来语强化训练。我的警觉性很高，当我的儿子们到了当局为他们安排的语言学校后，我马上发现了问题：那个学校不但师资力量不够，教学本身也有很大问题。

首先，语言学校非常远。其次，孩子们回家告诉我："妈妈，我们好像学不会希伯来语。"我跟他们俩一沟通，发现不过关的原因不是他们不努力，原因在于班里苏联小孩多，老师迫不得已调整了教学方法，在希伯来语的教学中夹杂了俄语。结果，孩子们就把希伯来语和俄语混淆了。

当时中国和以色列刚建交，我们是以色列第一个中国移民家庭。以色列的语言学校里除了他们以外，没有其他中国来的学生，老师不会为两个中国来的学生特意开小灶的，怎么办?

在这样水平参差不齐的语言环境里，我认为是没有办法学好语言的。我曾去过学校四五次，观察他们的教学，很快就决定不让孩子们再去了，这纯粹是浪费时间。老师和孩子们都在用俄语学希伯来语，我都搞不懂讲台上的老师是在讲希伯来语还是在讲俄语。但是放眼一看，当地根本就找不到合适的人来教我的孩子们，怎么办？

语言是一切的基础，这件事是当务之急！全世界的父母都希望为孩子找到好学校，但是我的理念是：不需要选好学校，我要找的是好老师。有的学校名气很大，但是老师不负责任，上课不教知识，把该教的留在外面补课时才教，这样的情况很多。所以，我认为与好学校相比，更重要的是好老师，我决定要为孩子们找到合适的语言老师。

我再三思索，只有亲自跑到耶路撒冷去找教育局，才能解决这个问题。但孩子们刚到这里没多久，还不熟悉环境，换成一般人绝不可能离开他们，但我毅然决定要去耶路撒冷解决这个问题。走之前，我准备好了能准备的一切：面包、早就烧好了的米饭和鸡汤等。虽然饭是冷的，但只要炒一炒就可以了，我教他们怎么做蛋炒饭，我要让他们适应没有保姆照顾的生活，开始自己炒饭。我把鸡汤放在煤气灶上，刻意轻松地告诉他们：“只需要热一热就好了。”我这么做是为了表示我对他们的信任。我离开后，又打电话再次叮嘱他们：“我今天没办法回来，你们把门、煤气还有厨房的门都关好。”到了以色列，我必须训练他们自己在家照顾自己，要他们独立，自理，自立。要知道，在上海，我和保姆阿姨天天把孩子们照顾得好好的，他们从来都没有独自在家待过。

夜宿教育局门前大街

安顿好家里，我开始规划我的行程。从我家到耶路撒冷有 3.5 到 4 个小时的行程，再从耶路撒冷车站到教育局需要半个多小时，估计等我赶到耶路撒冷教育局时，已接近下班时间了。我若排到了最好，而最大的可能就是排不上，所以我在离开家时就知道我无法当天来回。但是我也没有去住酒店，第一，我不知道当地的酒店在哪里；第二，我也不准备花钱住酒店。虽然我有储备金，但是绝不轻易去花。那怎么办？我打定主意，不管是哪种情况，当晚就夜宿教育局楼下，因为唯有这样，我才能在第二天排在最前面。

当我风尘仆仆地赶到后，果然没有排上，于是我捡了一个别人丢弃的装电视机的大瓦楞纸箱，蜷缩在里面过夜。虽然已是 5 月，但耶路撒冷的天还是很冷。我知道这里昼夜温差非常大，白天非常热，晚上非常冷，所以我是有备而来的——我带了毯子！我并不害怕睡在马路上，且做好了准备，我身上什么也没有。回去的车费几十块钱，连同一张电话卡，都藏在我的旅游鞋鞋垫下面。以色列的治安非常好，而且当时我没带什么钱在身上，所以那晚我睡得很安心。想想，抢钱的人怎么会笨到去抢一个夜宿街头的流浪汉呢？

冷静下跪，只求指派专门的老师，让孩子们学标准的希伯来语

我在教育局门前大街上睡了一夜，在冷风中熬到天亮。第二天早上，我排到第一号。虽然我是第一个进去的，但我要求最后一个和长官谈话，因为我要讲的事情太重要了，我知道如果我第一个进去谈，就没有办法

畅所欲言，因为后面的人会一直催一直催，让办事的人没有心情听我讲。就这样，我虽然排在第一个，但是我让后面的人先进去。

就这样，在即将关门的时候，我最后一个进去了，唯有这样我才有充足的时间告诉他我需要什么，因为后面已经没有人了，他就不得不好好听我说。我是一个已经在门前睡了一个晚上的女人，你以为他会不知道吗？但我下定了决心，宁愿等到最后。

我的目的是让我的孩子们有公平的待遇和良好的教育环境，我只求教育局指派一个专门的老师教他们纯正的字母发音。我不需要换学校，不需要换老师，我只需要老师以最合理的方法教我的孩子们，由字母开始，教最标准的发音。

我告诉他："孩子们学校里的老师，说话都带着不纯正的发音，而孩子们要学的是纯正的希伯来语。如果我的孩子们一开始就学错，日后就会讲错，作为一个家长，我要求最起码的公正待遇。我没有能力，也没有钱，请不起私人教师，所以走投无路来求你，我需要孩子们学最正规的语言。"

我没有大闹，也没有哭哭啼啼，因为我知道这都不起作用。在以色列，我有信心，只要告诉他我需要什么、我为什么会有这些想法，以及我实际碰到的问题，一定能感动他。讲白了，我就是要他为我们指派专属家教！

"我们是来学习希伯来语的，在以色列，你有责任帮我，你必须帮我！"说完后，我跪了下来，我没有哭，但我真的跪下了。官员立即从办公桌后面走出来，拉我起来。我继续说："我觉得我的要求很合理，我也没有礼物送给你。但是我求你的方式，是我放下自尊给你下跪。我这一生没有下跪过，我愿意为你下跪，我把你当成我的父母官。”我表情很严肃，我没有激动，也没有哭，“我的孩子们需要帮助，我讲的是社会语言，而孩子们需要的是正规语言。”

公费加自费，争取到 2 个月的优秀“小灶”

他一定不曾遇到过这种情况，所以把我拉起来后很慎重地说：“你回去吧，我来打电话，我来联系。”但我说：“不，你现在就打电话，这里是总部，你有他们所有人的名单，你现在去沟通，就一定会有结果。”我希望他当场和文化官员接洽，我就是要在现场等他打电话。他笑了笑，只好开始拨打电话，而且让我通电话，向对方说明我的需求，他让我相信他绝对不是在敷衍我。

就这样，他让我第二天再来：“我们会帮助你的，放心。你明天再来找我。”当天晚上，我又在教育局门口的废弃的装电视机的纸箱子里睡了一晚。第二天我依约进去时，喜出望外地发现我已不需要再找这位官员，因为要到我的家里当家教的老师已经到了，我此行的目的已达到，心里非常开心！

这个胖胖的教授就此到我家教我的孩子们，原本教育局安排的是他来教 1 个月。1 个月以后，我另外给他钱请他又教了 1 个月，我记得他一节课的费用约合人民币 200 元，但我觉得很值得。我从耶路撒冷求来的老师，真的是我见过的最好的语言老师。在他的悉心指导下，孩子们的希伯来语标准纯正，水平突飞猛进。

由这件事应该看得出来，有时我很大方，但有时我也很小气；有时我很节约，但有时我也很慷慨——为了孩子们的学习，我觉得一切都值得。

春卷生意，带动开中餐厅的想法

基本生活及孩子们的学习都安顿好了，我开始想，眼前最大的问题就是如何生存。学通语言以后，我需要想办法解决家中经济来源。

在以色列，凡事都要自己负责，我得自理一切事务。我不是靠男人生存的女人，既然带孩子们来了以色列，我就一定要靠自己把他们养好。我继承了犹太父辈的经商天赋，以母亲的本能努力开始想“外国人喜欢吃什么”，我要投其所好。“我自己喜欢吃什么？有什么是我可以兼顾照顾孩子们的活儿？”我自问，“有什么是外国人没有机会吃到，但是会喜欢吃的中国食物？有什么是我可以做来卖的？”最后我想到了春卷！

为了养家糊口，我想到做中国的传统美食——春卷来卖给当地人吃，每个春卷能赚几毛钱，我的大脑里开始计算，一天卖多少个春卷就能赚到基本家用。

但问题是，我并没有学过如何做春卷，甚至一次都没有做过，我只在上海吃过春卷，看过菜场里的人做春卷。我知道最关键的环节是制作春卷皮，所以，我必须先把春卷皮做出来，我知道我必须，我也一定会克服这些困难。结果，经过无数次尝试，无数次刻苦练习，我克服了困难，成功地把春卷做出来了。

做春卷，本来是为生活所迫，没想到，我们的人生因此展开了新的一页——开餐厅！

让孩子们参与“做春卷”及“卖春卷”，成为我训练他们学会以色列“财商”的工具，这是我始料未及的意外收获。这段故事，我在《特别狠心特别爱》一书中曾详细讲过，这里不再详述。来以色列初期，我们生活非常紧张且节俭，直到我们后来开了餐厅，才过得比较丰裕。

我真的没想到，自己会在以色列开餐厅。但为什么会选择开餐厅呢？一方面是因为我无法做其他行业，另一方面也是因为春卷生意带动了我开餐厅的想法。春卷生意做起来之后，就有人在家里聚会时请我去做聚会餐。一次，有一位中国籍医生请我给他做聚会餐，我就做了蛋炒饭、春卷、酸辣汤、豆腐……一共做了 9 个菜。

这个医生对我说：“初来以色列的时候，我也是一穷二白，靠着勤奋白手起家。早期在以色列不是有钱就能买到、就能吃到自己要的东西。早期来的中国人，青菜都要自己种才有的吃。沙拉，你现在给我做饭，也许没有多久，我会到你的餐厅来吃饭。”

这个医生跟我一样，也是 1950 年出生，我非常感谢他预言我会有自己的生意，我要谢谢他在我人生处于低潮的时候，曾经给过我有力的鼓舞。我想开餐厅，但苦于没有资金。我带来的那笔钱是救命钱，我不敢动用。没想到，大儿子在法律课上学习移民法后告诉我，像我们这样的家庭可以去移民局领取安家费！我半信半疑地去询问。天哪，我果真领回了1万新谢克尔的安家费！这真的是好大的一笔财富啊！我们用这笔安家费在特拉维夫开了一家中餐厅“上海小厨”，可以同时容纳200人就餐。这家餐厅经营得很成功，当地人要打牙祭时通常第一个想到的就是我家餐厅。与此同时，我个人的知名度也有所提高，我的客人各行各业的都有，包括以色列司法部、移民局等机构的官员，他们不但经常来吃饭，也常常与我聊天，我开始有了落地、融入生活的感觉。

我在以色列开餐厅，还有一个原因，是为了追随孩子的足迹，可以就近关照他们，支持他们。我前前后后一共开了3次餐厅，一般是把餐厅卖了之后隔半年再开。餐厅开得好了，我再卖掉，赚取不错的利润。每次开店，我都全力以赴，输不起的我们只能赢。我家餐厅的招牌菜，就是咕咾肉、春卷、扬州炒饭、玉米汤……这些老外公认的中国菜。

后来，移民局找我去帮忙做翻译，也都是拜餐厅所赐。春卷生意是为了赚钱，更启动了我家的“财商”教育，以色列的生活让我们都在无形中学习到犹太人的商业思维。那时，已经具备点经商头脑的大儿子在开餐厅时开口了：“是我提供的讯息，所以应该给我抽成！”我欣然给他500新谢克尔，他拿到钱后，立即为我和弟弟妹妹买了很漂亮的礼物。

孩子向父母索要提成的这种行为，在中国人的观念里是没有的，但在犹太人的家庭里，有酬有偿的观念是存在于文化基因里的。入境问俗加上生活所迫，我们的日子，伴随着学习及赚钱开始越来越好。

音响失窃，单枪匹马智闯阿拉伯区

在我的餐厅经营过程中，发生了一件令我终生难忘的事。

在以色列，没有牌照及工作证的阿拉伯人是不可以打工的，即使有身份证也不可以打工。但我因为妇人之仁，在餐厅里用了一个年轻的阿拉伯人，十六七岁，因为他很诚恳地强调他想要为家里承担一些责任，我被他的话打动了，就给了他一份时薪 12 元的工作，包食宿，然后他每天和其他 5 个员工一样跟我一起上下班。我家住在特拉维夫附近，算是以色列的边境。我让大伙儿在我家里住，这样工作会比较安定。

为什么要让他跟着我？因为如果他一个人在路上走的话就会有警察来查他，发现他非法居留或打工的话会打他、把他抓走。就这样，他做了 2 个月，表现还可以。

直到一个星期天休息日（星期天犹太人休息，阿拉伯人不休息），我让员工们留在家里休息，我则一个人到餐厅去打扫卫生。当天，我把所有的凳子都翻起来，连凳子底都擦干净，做到中午我才回家。一进家里，我发现不妙——大门竟然没有锁上？坏事了！我进去后发现一个员工都不在，才想到当天他们有计划要一起去海边玩，但这 5 个人都有钥匙可以锁门，只有这个阿拉伯小孩没有钥匙，所以问题一定出在这个小孩身上。

我仔细一看，我的床上、被子上明显有踩过的痕迹，我放在床头上的先锋牌音响没有了！我让工人睡大房间，我一个人睡阳台，所以我的床只能正好卡在阳台上，因此没有办法走过去，他只能用自己的鞋踩着我的被子上去才能拿走音响。要知道，那可是我从中国带去的有 6 个喇叭、中间可以放 3 个盘的高级音响。事实很明显，阿拉伯小伙子把我的音响偷走了！

我很恼火，心想我这么怜悯你、帮助你，也没有欠你一分工钱，为何恩将仇报？我后悔没有留下他的身份证复印件，他也没有在房间留下任何东西。怎么办？

自己办案，通过电话号码找到音响去处

起先我去以色列警察局报案，但警察只写了一张报案单，还说这种案件很难查。即使我说我知道这个东西是谁拿的，他们也还是说：这个很难查。知道不能指望警察后，我决定自己解决问题！

我曾听别的工人说，他在我们家里经常偷打电话，因为电话费比较贵。但我也无可奈何，因为那时的技术还没办法锁定不可以打的地区，我想想他思乡也很可怜，就不追究了。所以我立即想到，他一定偷用过我的电话打电话回家，我就带上我的身份证去电话局告诉办事员这个电话

号码是我的，请他们查出打往阿拉伯区的号码。单子一打出来，立马就出现了阿拉伯区拉马拉的电话号码。

接下来，我真的是一秒钟都不停留，马上在背后插了一把既扁又宽的柴刀（我打工捡到的）。平时我用它劈柴砍树，现在我把它揣在裤子的裤头上，觉得自己就像个女战士。我自己也不知道为什么，一点儿也没害怕。接着，我又在皮包里装了几瓶风油精，叫了一辆车直奔阿拉伯人居住的南区，也就是电话号码显示的地区。

进入阿拉伯区拉马拉后，我马上找到警察局，说明了我的来意后，就被带到警察局局长面前。警察局局长一听我的事，马上叫人去查这个电话号码，同时很客气地请我坐下开始寒暄。他问我从哪里来，我说中国上海，他说上海很漂亮。我送上风油精，他也很高兴。

半个小时不到，一个警察进来用阿拉伯语跟他报告，然后他就告诉我："我们找到你的音响了！"如何知道是我的音响呢？很简单，因为我在音响里放的碟片是《北京的金山上》，里面的歌词是："……光芒照四方，毛主席就是那金色的太阳……"他们去查时在房子外面就听到了这首中文歌曲，所以马上判断这就是那件失物。接着他问我："你要今天拿吗？"我说："我不要今天拿，我下个星期的今天再来取。"一个原因是，那台音响很大，我一个人搬不动；另外一个原因是我很开心这么快就找到了音响，希望下周来拿时做些中国菜答谢他。

风风光光由"偷车天堂"带回先锋牌音响

就这样，第二个星期，我没有告诉我的工人音响当天就找到了，而是说：“今天星期天，哪里也不准去，所有人跟我去趟拉马拉。”而且我让儿子开车一起去。到了拉马拉的警察局，他们就看到了那台音响，后来是把音响的音箱和主机拆开后才放上了车。

警察局局长也很有成就感。他问我：“你开车来的吗？车停在哪儿？”我们探头一看，发现已经有一堆人围过来看我们的车子，好像在动脑筋想把汽车偷走。局长告诉我：“沙拉女士，如果你的汽车被偷走了，只要你半小时之内打电话给我，我就能把车还给你。但如果过了半小时，我就不能保证一定能还给你了，因为可能那时车已经被解体了。”后来我们才知道，拉马拉这个地方就是“偷车天堂”，被拆掉的车像小山一样高。因为车被偷走后保险公司会赔，而车被解体后，犹太人就开着车进到拉马拉换便宜的零件。这是一个恶性循环。

那天，我浩浩荡荡地叫上我的工人、带上我的美食一起去拉马拉，让大家见识见识我沙拉是如何快速智寻我的音响的，很有成就感！虽然那时我已经知道找到了音响，但我没有提前告诉工人们，我是想利用这次机会提高他们的向心力。我先是责备工人：“你们这么多人，都没有看好一个音响。”然后趁机诉苦：“你们没把我的家当家，我真的很辛苦，不想继续开餐厅了，你们各自去找活吧。”大家听了很紧张，都不想离开，还说愿意赔我音响的钱，甚至都开始计算大家来分摊的话，一个人该赔我多少钱。直到我下个周日带着他们去领回音响时，他们才知道我找回失物了，对我心服口服，日后对我更忠心，工作也更努力了。以心攻心教育了工人，是这件事带来的另一个收获。

在以色列警察局做志愿者，协助以色列警方破案

除了我无心插柳变成餐厅老板之外，我在以色列警察局做志愿者也有许多精彩的故事。

在以色列，我曾为司法部、警察局、移民局等多个部门无偿做翻译，希望可以帮助更多在以色列的华人。在我所参与的社会工作中，最让我引以为豪的事件，就是一件峰回路转的案子：2002 年以色列警方 21 天侦破特大杀人碎尸案！

那是个极其惊险的案子，牵涉在内的都是华人，因为要帮忙翻译，我必须知道详情，还得跟着警察们看那些可怕的幻灯片。在审问时，审判室里有人一直拿着塑料尺在桌子上敲，敲完桌子后就去敲他们的身体。我看了立即站起来，说道："只要我在，不准打人。"若要我做翻译义工，条件之一是在我的面前不准打华人。同时，我以志愿者的身份要求警方将空调温度调高，不要让他们受冻。我认为，受审人在被判罪之前是无罪的，

想尽我所能为受审人争取公平审问的条件。

审讯开始了……但始终问不出答案。5个人的供词都是一模一样：不知道。但问题得解决！我苦口婆心地为这几个背井离乡来到以色列打工的人分析利弊，为他们做思想工作，告诉他们不开口说实话是不行的。我打算采用恩威并重的方法。在以色列，看守所里面是有电话可打的，但是他们没有电话卡，于是我就为他们每人都买了电话卡。到了第三天，大家都精疲力竭了，我也累了。但我想要有所突破，就对这个案子的重案组组长说："你给我几分钟时间，所有的人都出去，让我想办法叫他们说真话。审讯摄像头和录音都不要停，你们都可以有记录，但我需要你们给我点时间，让我突破他们。"他们同意了我的建议，于是我有了单独和他们讲话的机会。

我先让第一个人好好喝口水，然后对他说："你们5个人讲的话太一致了，就因为高度一致，证明你们都在说谎，显然是串好了供。若你们继续这样，我告诉你，你们会一直被关。想想，人不是你们杀的，但你们却被关起来，不能回国，这样好吗？只要你告诉我实情，我负责向警方说情。我知道，你不愿意去举报别人，是因为你除了道义以外，也是为了自保。人的义气、你的道义、你所有的一切都是可以理解的。相信我，只要说实话，我会努力帮你想办法。但是此时此刻，你必须说真话……"我用这个方法，成功突破了第一个人，他开口了。接下来就势如破竹了，第二个人一进审讯室，我告诉他某某已说真话，让他知道我已知道他们在事发后，为了守住这个秘密，讲好了对策，大家分散到以色列各地去打工……我一样晓之以理，动之以情，继而分析必须要说真话的法律理由。最后，

5 个人都陆续讲真话了。

我态度坚决地对警方说："我让他们配合破案说真话，所以不可以把他们关在以色列，因为他们协助了我破了这个案子，我对他们有过承诺，不让他们在以色列坐牢。"我提供许多应该让他们无罪的理由：他们是工人，语言不通，文化水平低，胆子小，只想自保，他们找不到警察局的门，也不懂如何举报……案情大白后，重案组组长马上打电话给报社，风风光光地开了破案新闻发布会，成为头条新闻人物。我告诉警方："我帮你们破案，奖状和奖金我都不感兴趣，我只是要你们履行承诺。"他的回答让我很满意："沙拉，你放心，我会把他们都遣送回中国。"最后，这些华人工人都没有被关在以色列，我感到很安慰。

不懂四川话的乌龙翻译事件

但在事情圆满结束前，还发生了至今让我难以忘怀又笑破肚皮的荒唐插曲。

记得当天 5 个人都供出凶手在何处后，当天夜里警察就抓到了凶手。但可气的是，警察没让我提问这个元凶，而是找了一个当时在特拉维夫大学学过中文的犹太人来做他的翻译。当时我趁着这段时间休息了一下。但我小睡起来看新完成的口供后，马上就跳了起来，觉得不对，我肯定是翻译听错了。因为我看到的供词上说："他的朋友帮他埋了尸体。"这种说法，把这 5 个人都变成了共犯。我一看就知道，这绝对是翻译的错误，因为这是个分尸案，并没有把尸体埋起来的事。所以我立即向警察局的高管要求重新听一遍录音，果然，录音里问的问题是："你的朋友跟你在一起，他们有没有动手？”嫌疑人的回答是：“我的朋友替我把事情瞒了。”可是这个“菜鸟”翻译竟然翻成：“我的朋友替我把尸体埋了。”我很生气地说：“埋什么埋？尸体并没有埋掉。你再重新放一遍给懂四川话的人来翻译，不然就交到外交部去翻译。”后来他们请懂四川话的华人来听，确认了我的说法。原来嫌疑人讲的是四川话，而四川话跟普通话是非常不一样的，可那个翻译根本就听不懂语音语感不同的四川话。还好我追踪跟进了，否则那5个无辜的人就会将错就错被冤枉了。

遭遇凶手突然袭击：差点被铐子夹伤

真相大白后，我也参与了对嫌疑人的后续审问，我希望他爽快地认罪伏法，所以用攻心计告诉他：“一个男人一定要敢做敢当。如果你坦白，你还能看到你的女儿。如果你一味把所有的事情都推给别人，不尊重警察局，不尊重事实，那你可能就再也见不到你的女儿了。”没想到我这么一说，他突然暴跳起来，想用他手上的铐子夹住我的头！当时，我跟他平坐在一起，认为这样可以温暖他、说服他，没想到这样反而给了他近距离攻击我的机会。他这个突如其来的动作吓到现场所有的人，当下警察就把他制伏。他的举动也让警察局反应强烈：“沙拉，杀一个人和杀十个人的杀心是一样的，谁叫你坐在那里的？”

老实说，我当时确实受到了很大的惊吓，但也因此发现，他一下子情绪就不能控制，表示这一招有效，我说到了他的痛处。所以我在回过神来之后，继续苦口婆心跟他讲：“你承认或否认都没有用，因为现在5个口供和所有的事实都指向你一个人犯案，而且我们找到的指纹也只有你一个人的，石块也是你一个人捡的，从头到尾我们找不到别人参与的证据。在这里不可能有你想要的侥幸。”我知道日后我不可能再碰到他，但最后，我还是以一个母亲的立场来提醒他：“监狱并不可怕，你可以在监狱里学到你原来学不到的东西，而这些东西也许将来会帮到你，让你有一个生存之计。我希望你不要在监狱里面自暴自弃，抓紧每一分每一秒，把能够接触到的语言学会。今天我是最后一次帮助你，我想提醒你一句，你会在这里坐牢，在你坐牢的过程当中，我希望你能够把希伯来语学好。如果和你一起坐牢的是阿拉伯人，请你把阿拉伯语学好，因为在这里的牢狱生活当中，你唯一能够做到的就是学好一门语言。语言是敲门砖，你若学会了希伯来语或阿拉伯语，将来就能找到工作。”我给他最后的忠言是：服法并学习语言！

2008 年 4 月 18 日，我回到特拉维夫警察局看望当年破案的警官老朋友

老实说，我为这个案子最起码瘦了 5 斤。当时，我的大儿子是警察，这 5 个工人在机场离境时，都跪在地上对我和大儿子磕头，谢谢我们帮助他们洗清了冤屈。这个案子使我感触很深，于是我对中国领事馆说："如果我们的同胞在国外犯了案，请你们也一样要关怀他们，要拿一些书来给他们看，定期去看看他们；同样地，要派人经常走到工人中间去，关心他们的生活、慰问劳苦的工人，要主动了解他们的需求。这些劳工也是中国人，他们都是中华儿女。"我这么做是因为感恩，当初中国人民帮助了我的父亲，我在以色列也要帮助中国人民。

等待孩子当兵的空转岁月

回顾以色列 12 年的移民生活，我的一切都是为了孩子们。早期，在躲空袭这些事过后，我带着两个儿子一个女儿一起做春卷、卖春卷；中期，他们可以打工了，我就跟在他们屁股后面跟他们一起去打工。我把他们送到中餐厅或面包店磨炼，等待着他们成熟长大。从某个角度讲，当时孩子们确实都被我这个“狠心”的妈妈当成了“童工”。所以他们都没有叛逆期，因为要兼顾上课跟打工已经够累了，哪有时间来叛逆呢？他们在打工的时候，我就在家里做春卷。有时他们在面包店，我就去中餐厅工作。生活就是这么简单，孩子们到哪里我就到哪里。后期我们开餐厅，生活逐渐富裕起来，基本生活条件并不差。

等他们 16 岁时，我就安排他们陆续回到中国学习。大儿子先回国，小儿子晚一年再回去，在我的建议及安排下，两人都是学旅游专业英文导游方向。有一段时间，大儿子住在学校，小儿子跟他的父亲住。而“留守”以色列的我，就以在餐厅打工赚钱的方法打发时间。以我吃苦耐劳的工作精神，每家餐厅都非常喜欢我。

相信吗? 12 年间，我在以色列没有什么娱乐方式，我常在想，如果当年邱老板的合伙人没有把锁换掉的话，我可能就被杀掉了。人生就是这样，塞翁失马，焉知非福? 我的前半生经历过许多波折，但我相信一切都是有意义的! 那些年里，我除了为孩子们打拼筹划以外，自己没有目标，没有梦想，也没有什么准则。为了融入社会，我持续地学习语言——希伯来语、阿拉伯语、英语，不管我是否听得懂，我都要学习它的语音语感。

儿子当兵时的母子合影

哪怕我听到了一个熟悉的单词，只要知道大意，我就算学了一个词，可以说，我在以色列一直是在自学希伯来语中度过自己的生活的。

孩子们在中国上学期间，我一个人“留守”以色列，这是一段空转的日子，我要等着孩子们18岁回以色列当兵。

当兵是以色列每个公民应尽的义务和责任，男性与女性都要服兵役。我的孩子们若18岁不回来当兵，我就得坐牢。我曾对这个国家发誓，孩子们18岁都要在以色列当兵，除非他们身体不合格。凡是身体合格的成年公民都要当兵，这是一个法定的义务。

记得小儿子那时还在中国读书，即将毕业，所以无法准时回以色列，我提前申请了一份公证书，证明他现在在中国读书。当天早上我收到了一封挂号信，晚上11点就有两个宪兵上门了。宪兵戴着红袖章啪啪敲我家的门，门一开就向我宣读：你有权保持沉默，但是请告诉我你儿子现在在哪里。我赶忙拿出公证书给他们看，说明他现在在中国读书，且有文件证明申请了延后报到入伍。他们看了一眼，马上跟我敬礼：“对不起，打扰你了，刚才我们的声音很大！”他说对不起是因为他敲门的声音很大，而不是因为他上门“抓人”打扰我。我惊魂未定，度过那不安宁的夜晚。我当时是觉得未免太严格了吧……大儿子那时已经在当兵了，我把儿子们该当兵的通知日期，连带着信封一起夹在墙上，就怕自己忘了，我怎么会不让孩子们去入伍呢？还好我及早备好了公证书，不然就有逃兵之罪了。

在以色列的12年，我基本上都是以孩子们为中心，在母亲这个角色的氛围里生活着，在孩子们身上找到了自己的人生价值。虽然环境很艰苦，有枪林弹雨，有歧视冷漠，但我给孩子们的爱和教育是很温和的。经过以色列 12 年的生活和磨炼，孩子们长大了，成人了，也更懂事了。如果我一直在中国工作，那么就没有那么多时间近距离陪伴孩子、对孩子进行不同寻常的教育。

在以色列的 12 年中，我并没有四处旅行，即使是以色列，我也只去过几个地方。

我最熟悉的是戈兰高地，它是这里最美丽、最受游客青睐的旅游胜地之一，是重要的水源地，也是以色列和叙利亚交火最激烈的战场。到今天为止，那里仍遍布着壕沟、铁丝网，前方就是战火纷飞的叙利亚，现由联合国维和部队把守。若有人前去旅游，还可能会听到巨响，看到浓烟升起，原来战争并未完全脱离以色列。曾有人这么评价耶路撒冷这座城市，“十分美丽的世界，一分归于全世界，九分独属耶路撒冷”。在耶稣的诞生地伯利恒，死海边有索多玛社会主义公社，以及“死海古卷”出土地昆兰遗址。

到以色列的人，必定要穿过锡安门，进入耶路撒冷老城，也就是自古被犹太人奉为圣地的西墙。哭墙位于圣殿山山下西侧，故称西墙。犹太人无论身处何方，都希望有天能到哭墙前缅怀以色列人过去的光荣历史，在墙脚下祈祷默哀痛哭，哭墙因而得名。进入哭墙要过安检，男女分开进入，男士必须戴白色小帽。这里人非常多，也有真枪实弹的士兵。人们纷纷在此祷告许愿，虽鲜见有人痛哭，但气氛庄严肃穆。这是座特别的城市，每个景点都有宗教、历史的意义，若你来朝圣，那就是经历了一次心灵之旅。耶路撒冷的圣殿山对面就是著名的橄榄山，客西马尼园有一棵 2000 年的橄榄树，是耶稣被犹大出卖给士兵的地方，还有多国合力捐献而建成的万国教堂。

我认为旅游的首要条件是心境，必须要很放松，而当时，以色列的生活已经让我感觉活得很累了，没有旅游的心情。

第五章

铭记父亲的教导，坚定选择自己的人生路

父亲曾告诉我，人生的终极课题是寻找家的感觉！

我体验了奋斗，找回了选择权！

留在以色列，还是回中国？

我是中国改革开放后的第一个，或许也是最后一个返回以色列的犹太后裔。离开上海时，我满脑都是辛苦、痛苦的回忆，我不否认自己是带着一种逃避的心情而去，想要定居以色列的。但是到了以色列，夏天热得像蒸笼，冬天脚冻得像冰棍……

在以色列的日子比想象中要困难许多，这不是问题；欺负新移民，这种全世界都在发生的事，也不是问题；但问题是，我在以色列住了 12 年之久，还是有种身处陌生国度的感觉。我的童年在上海，曾被视为难民，虽然父亲并不是贫民；但那些年，我们过着一种贵族生活，反而是到以色列后才过得很苦，而那时的以色列人却把我们看得很低，其实他们不知道，我吃过的东西他们可能连见都没见过。

在中国，我不觉得自己是外国人，但人们把我看成外国人。而到了以色列，当地人又把我看成中国人而不是以色列人，想想真是矛盾，这种悲哀及尴尬的感觉越来越强烈。

那么，我到底是哪里的人？我常常扪心自问。

在以色列的10多年里，我始终把《毛主席语录》和《毛泽东选集》带在身边，每次搬家都没有舍弃过。邓小平同志逝世后，我带着三个孩子驱车300公里，来到中国驻以色列大使馆所设的灵堂前献上了一束鲜花。

我以为，到了一个新的环境，孩子们首先要学会的是语言，以为学会语言就能融入当地生活。后来，我们的语言纯正流利，我们懂得以色列的风土人情、宗教信仰以及国情，但是坦白说，想要进入他们的深层社会，是不可能的。我在以色列的成就及财富，应该已经是中上流了，但我很清楚，我连他们的下层阶级都没有融入。

我结交了许多朋友，但在以色列还是觉得举目无亲。为了融入，我也学圣歌，但以色列的宗教活动不会叫我参加，我融不进当地的社区及组织。

犹太人的家族概念非常紧密严格，犹太人重视家人、重视仪式，犹太人的节日非常多，每个节日必定要全家团聚。他们的家通常都很大，家里一定有长长的桌子。家里若有8个孩子，8个孩子就会带着8个菜，8个男人8个女人一对一对地来聚餐。以色列是母系社会，除非你的儿子娶犹太人的女儿，或者你的女儿嫁给当地人，这样融入才比较容易。而我的孩子们并不想和犹太人结婚，因为生活习惯太不一样。我虽然喜欢学习犹太人的文化，但并不习惯犹太人的生活。我的孩子们都当了兵，我也算是尽到了作为犹太民族子民的责任。

我来到以色列，是为了完成父亲的遗愿。而今，我成功地完成了父亲的梦想——回到以色列了。但在漫长的 12 年的以色列移民生涯中，我终究明白了，这个国家是我父亲梦想中的天堂与乐园，可却不是我的。

父亲曾告诉我，人生的终极课题是寻找家的感觉！以色列，没有满足我的这个重要需求。如果问我两个社会哪个我融入更多，那肯定是中国。

那是留在以色列，还是回中国？

因为不清楚下面的路要怎么走，我的确思考了一段时间，同时也感觉身心疲惫，怀疑自己没有能力再回中国打拼。孩子们回以色列服兵役期间，我就像个泄了气的皮球，失去了创业及奋斗的动力。之后，我就去其他餐厅打工，去警察局做志愿者，做翻译义工。在以色列，之前的奋斗都是求生存，现在没有奋斗压力，没有经济压力，生活就失去了动力，我这才明白归属感的重要。

在以色列的后期，我常常子夜自问："这里是我后半生想要长久居住、终老养生的地方吗？"我的心里悄悄出现了这个声音："不是，我不会想要生根定居在这个美丽的国家以色列，因为我想家了，我想我真正的家了……"而我家的画面，是我成长的那座城市——上海！虽然上海是给予我诸多磨难的地方，但今天的我，感恩以前经历过的那些磨难，因为如果没有那些磨难，我不可能顺利带孩子们到以色列生活那么多年。

在以色列，我曾脚踏实地、辛苦付出，我算是顺利完成了代父寻根之旅，应该展开另一个全新篇章了。我想清楚了，接下来，我要努力融入的不是以色列，而是"回归"我更熟悉的国度——中国，那片生我养我的土地！

神奇的是，就在我想清楚这个道理后，一个回中国工作的机会出现了！

因为帮警察局破了那个大案子，我得到许多人的关注，一家钻石公司的老板找到我，他想在中国成立一个钻石交易公司，因为很欣赏我的能力，想要任命我担任这家公司在中国的首席代表。犹太人的任命是非常严谨的，他在2002年9月先邀请我去慕尼黑展览会担任中文翻译，还让我参加两次测谎考试，并且派人到上海调查我的过去。在以色列政府和中国政府都出具了我没有犯罪记录之后，他们才决定聘用我。而我，是这个家族企业第一个非家属首席代表。这么好的工作机会，我再放弃就说不过去了。

事实上，那时候小儿子已回到中国开始做珠宝生意，大儿子也有意回到中国工作。既然孩子们纷纷找到了自己的人生港湾，我的回归之船也要重新起航了。经过多次家庭会议讨论，我们做出了一致的选择：全都回家，回到中国上海！因为那里才是我们的家。

12年，我的岁月，我的精力……我付出了好大的代价，好高的成本！但我明白了，无论你是哪个国家的人，如果你想要移民，那么就要想深、想好、想透，否则最后你可能会跟我一样觉悟：风景再美，福利再好，空气再好，水质再好，人再温暖……都与你没有关系。不论你在那里住10年、20年、30年，或者再长时间，最终你会明白，你还是融不进那个新的国度。

就在整理回中国的行囊时，我真真切切地明白，凡走过必留下痕迹，一切都功不唐捐。我想告诉天上的父亲：亲爱的父亲，我带着你的梦想回到以色列了。但是，寻根之旅，并不像我原先想象中那样轻松美妙……我突然明白了：我的家在中国，根也在中国！没生在泥土里的根是不牢靠的，根需要土壤，也需要阳光，能给我幸福感的泥土还是我曾经长期踩踏的那方土——中国上海。故乡就是大树的土壤，我是这片土地上发芽长成的树，终究还是要回归原来的土壤。

回头看这一趟寻根之旅，其实是我们母子的“留学”之旅、“去敏”疗程，而最后我选择回归中国！

重新爱上大上海

1992 年，揣着梦想、拖儿带女的我就像是一只老母鸡，为了完成父亲的遗愿，由上海方舟带着 3 个孩子回到父亲的故乡以色列。我原以为这可以叫作寻根，但我错了，经过 12 年的时间，最后我竟然还没有“家”的感觉。我的确寻到了那根，但那是我父亲的根；我的根，其实还是在中国。12 年的寻根之旅，我们母子留下了无数艰辛困苦的奋斗足迹，到了最后，却都没有定居下来的意愿。我体验了奋斗，找回了选择权！

闯荡了一大圈，我带着无数经历的故事与感慨，于 2004 年 1 月 24 日回到了中国上海，重新呼吸着上海的空气，心里呼喊着：“我爱你，中国！”

我是真切地感受到了家的味道，体验到上海这座兼具精、气、神的城市。上海的城市品格是包容，是一个各路英雄用武之地。上海是如此多元，如此宽广。我重新爱上大上海，爱它的千姿百态。

回到上海后，我在上海市知名百货公司东楼开设了钻石专柜，办公室设在名企云集的上海金茂大厦，我从一个为生活辛苦打拼多年的新移民，摇身一变，富贵还乡，变成手握价值 200 万美元钻石衣锦还乡的高级经理人，人生的转变可谓巨大。可是，在当时的中国，钻石生意并不好做，因为它尚属奢侈品。此外，当时的市场并不完善，生意很难做。基于诸多原因，公司的发展并不顺利。我曾主动要求降薪，由原先月薪 5000 美元降为 500 美元。因为，我不是奔着赚钱而接受这个工作的，而是知道上海是我的故乡，我对上海环境熟悉，肯定对老板打开市场有点帮助。

时至今日，钻石市场已大为不同，钻石已经成为年轻人结婚时的必需品，买钻石就像买床被子那样简单。当时，我心中另一个打算是，我不是为了工作而回去的，我其实最想去做的是志愿者，服务中国，服务社会。

上海钻石交易所对外开张，我任首席代表，左二是总领事伊兰，两边是两位老板

每个人都有他特别的记忆：一件事，一个人，一座城。而上海滩，更是被赋予了多重的想象和追寻空间。一千条马路像一千条泛滥的河流，上海的外滩人来人往，百舸争流，黄浦江、苏州河不曾停止流动，就像历史不断演变一样。这座国际化大都市历经动荡与繁华，在沧海横流和风云变幻中保持着她特有的魅力和温暖。那是人与人心灵交谈间始终拥有的气度、高度和温度……大善如斯，海纳百川，上海曾经艰难而不坠地承载着历史；今天，它正肩负着伟大的中国梦想，风雨无阻地追求着更为光明的未来！世界需要我们彼此扶持和维护，人类的尊严得以真切地增进。因为记忆，上海温暖着我的心……曾经生活在它的空气里的我，重新爱上了我的故乡。我看她，也和童年、中年回国时不一样了。

蜘蛛网般的交通，万国建筑万人迷

我小时候最爱坐公交车，那些熟悉的路线几乎没有太多改变，只是变得更多、更密了。

我常坐 55 路由我家去三角地菜场；由吴淞路到邮电新村，也曾经是我经常走的路线；坐 21 路到图书馆；坐 42 路到复兴中路；有时也坐 42 路，由黄浦公园上车去文化广场，从外滩经人民广场到从前的法租界，会经过最繁华的商区，也能经过最幽静的马路。我坐着公交车，一路上听着上海话播报的站名，看着窗外摇曳着像站岗卫兵般的梧桐树。我看到圣三一堂、跑马总会、静安别墅、中苏友好大厦、犹太人总会、白公馆、普希金铜像、爱庐、宋子文官邸、国际礼拜堂……老建筑的身影历历在目，曾经发生在这屋子里的人与事何在？若是在夜里经过这些大街小巷，我就会想：一万个窗口点亮一万盏灯，一万户人家各有其悲欢离合，浮光掠影，前尘旧梦，这真是一座既悲又喜的城市。

永不落幕的，是这悲喜交集的市井人生，这里记录着我的喜怒忧思悲恐惊，这是我深深眷恋的上海。萍水相逢的陌生人，相视一笑的陌生人，擦肩而过的陌生人，给我温暖的陌生人……我感到，在人海中与自己相逢的，都是我的家人。处处有文人、政客、艺人，还有张爱玲的足迹，我感觉我也是一个有历史价值的人物。我属于上海，上海属于我，而这种感觉，是在海法或特拉维夫都不会有的。

四通八达，古新交汇

上海，是中国的重要交通枢纽之一。当年，在内环高架以内的才算是上海，如今地铁线已如同蜘蛛网一般密集。每次我走进地铁，听着无数匆忙的脚步敲打着地面，就感受到一个大城市的脉动。地铁连接着高铁，从“和谐号”到“复兴号”，速度越来越快！20 分钟到苏州，50 分钟到杭州，坐“复兴号”3 小时到北京……“来一场说走就走的旅行”已成为生活常态。

我的上海记忆从洋楼开始，我的童趣在花园、在弄堂。我曾住在独门独院的气派洋房，也见到洋房与石库门成了“七十二家房客”，上海曾经是自豪的大户人家，但在非常时节，人们曾像螺蛳壳一样挤在一起。曾经强调海派文明的上海人，也曾在弄堂里为了争楼梯、阳台、厨房的角落，或是争马桶及水龙头而吵得面红耳赤，生存本领也得与时俱进。

时代的巨轮不断向前转动。现在，弄堂里干净整洁，有专门的清洁工，红砖石造的楼房成为被保护的古迹。摩天大厦多到数不清，但我更喜欢去斯文里、大庆里这样的石库门，九江里、八埭头这类的广式里弄，静安别墅、霞飞坊这类的新式里弄，还有上方花园、凡尔登花园这样的花园式里弄……它们都是我的青春场景。回到上海，我绕行南昌路、陕西南路、复兴西路，有别致的小店，也有很多潮流新店。

我记忆中的道路，由我熟悉的外白渡桥开始，时髦的梅陇镇广场、中信泰富广场、恒隆广场、静安香格里拉相继落成。坐落于闹市中的静安寺依旧金碧辉煌，亨达利表店里也依然修理着众生一致的 24 小时。万丈红尘拔地起，新一代企业家在这些高楼里穿梭忙碌着，还有不少贸易公司、咨询公司、投行、律所……我们可以想象在电话、手机、银行账号之间，充满着刀光剑影和滚滚财源。我的上海，四通八达，古新交汇！

上海美食吃不完

记忆，常常是舌尖上与鼻息中的味道。在干燥的以色列，我曾怀念起上海潮湿的梅雨季，想念起那整天不停的滴答水声。让我一想到就流口水的，就是国际电影院对面那家店卖的生煎馒头。那时候，买馒头要先买筹码，分红白黄绿等 8 种颜色。我最爱吃的还有馄饨，中国的早点“四大金刚”，以及黄家沙的“老虎脚爪”。本帮菜，我永远吃不厌，我最常去的餐厅是新亚饭店、潮州、德大、绿波廊等，排骨年糕、宁波汤圆、梅干菜烧肉、腌多鲜、咸鸭蛋，赤豆粽子、青团、五香豆、本帮熏鱼、豆浆、粢饭团、大闸蟹、油煎带鱼……想想都觉得幸福！我真是喜欢上海的柴米油盐、大菜小点心，过尽千帆的我，熬过餐厅厨房的燥热，也睡过纸板做的床，现在回到上海，我最喜欢的就是在我大大的厨房里，烹煮我喜欢的菜。

复活的舌尖，八方语言乐无穷

回国后，我的舌头复活了，它品尝美食，也可以畅所欲言。我去以色列的 12 年间，中国也发生了巨大的变化，中国富了、快了、牛了……而我说话也底气十足了。现在，我能和任何一个在街上、在公交车上遇到的人聊天。

当别人看着我的外国人长相却脱口而出标准普通话时，我又说出广东话、山东话、苏北话、苏州话、宁波话，自豪不已。我算是有一点儿语言天分的人，能够掌握每种语言的精髓。我的表现欲强烈，只要是我感兴趣的话题，我都可以说上几个小时。上海的声、色、味已经把我的犹太人血统酿成了中国式综合果汁。当我选择回到中国时，我知道我就是一杯精彩的综合果汁。

“混搭”的新上海人

开埠以来，上海人说话喜欢中英文“混搭”，我对此非常享受。上海话是市井的、街头的、家长里短的，所以也是活泼的、生动的、活色生香的……这是海法、特拉维夫都没法给我的感觉。我会寻找价廉物美的日用品，也会做高档讲究的上海女人！上海女人精致、实惠、识趣、解风情。上海女人的冷漠和世故是一种自我保护，而老式的上海男人顾家，会烧菜，也会修家具。

历经人生山水，我这个犹太中国女人，有西方人的张扬，也有上海女人的精明。我的衣橱里有10多件旗袍！我喜欢精致的衣服，更爱穿旗袍。旗袍曾无奈地离开这个舞台，就像我一样，40年以后重新回归，成为上海女人的最爱。我和内环里的老上海人，以及这30年间来这里的新上海人一样，都是“混搭”的新上海人！

我对这世界，能做何贡献?

马斯洛的需求理论告诉我们：人最高境界的需求，是自我实现的需求。自我实现其实也就是社会价值的体现。你想告别不开心，持续开心快乐吗?那要看你能否经由心灵成长进入贡献的领域。

世界上所有伟大的企业家一开始都会制定贡献的目标。比如，美国的比尔·盖茨设定目标要帮助每个家庭都有一台电脑；中国台湾的企业家王永庆设定目标要盖一万所希望小学。你也要知道你能为社会贡献什么。当你财务自由时，你愿不愿意帮助别人?愿不愿意帮助弱势人群、帮助失学儿童、帮助监狱里改过自新的人、帮助贫困山区的人?如果你一开始就决定帮助这些人，你的力量就会大得多!我们也许做不到舍己为人，但至少能做到“解人于危难，救人于贫病”，帮助人时你会发现自己的能量会变强。

你可以用钱做善事，你也可以用钱做坏事。钱是一面镜子，反映着人内心价值观。如果钱不是问题，能力不是问题，那么，你最想要帮助这个世界的哪个族群？你想给予他们什么样的帮助？许多人花了很长的时间才理解，贡献才是人生终极的快乐。这种快乐，存在于你在一生中为别人创造什么样的价值。

以我非常尊敬的一位老师尼克·胡哲为例，他虽没有手脚，却开了许多家公司，他环游世界，影响遍及全球。他示范的是，唯有自己发挥潜能，才知你的能力有多少。没手没脚的他贡献这么大，而有手有脚的我们更应该想想：我对这世界能有何贡献？

价值创造有两种，贡献大致也可分为两种：一种是授之以鱼，一种是授之以渔。一个是给钱，一个是给智慧。教育就是给予人能力，你要财富或者要成功，我教你怎么做到，而不是我直接给你。但是世界上总有一些人，生活在贫困线以下，穷得连饭都吃不上，这时候我们教他能力就是缘木求鱼，远水救不了近火。他连吃饭都成问题，生死到了临界点，我们当然要先给他金钱或者物质。

为什么要有贡献？为什么付出才会快乐？很简单，请想一想，不管我们买多少东西，能快乐多久？看一部电影，最多快乐几个小时；买一台豪车，快乐不超过 3 个月；住进最棒的房子，快乐不会超过 3 个月。再美好的东西，都不能让我们快乐太久。唯有不断成长、不断付出、创造价值，我们才会持续快乐，生命才会创造出卓越的成就。相信我，通过持续不断地帮助他人，我们会持续活在喜悦快乐中。

在以色列的“沙拉妈妈”，在中国上海的眼科义工

《塔木德》上说：“与众人为善，声名永存。”犹太商人非常注重做慈善和公益，他们认为给需要的人提供帮助是“富人的责任”。现在中国也有越来越多的有钱人投身于做慈善。其实，并不是有钱人才能做慈善，所有人都可以尽己所能帮助他人。

父亲曾教导我：**做人一定要慈爱，要帮助弱小。**所以，只要看见需要帮助的人，我就一定会去帮助他。虽然我外表坚强保守，但天性就爱帮助人。这么多年来，我一直坚持做志愿服务工作，曾帮助过上千名在以色列的华人和他们的家庭。在离开以色列之前，我也曾以中国人的身份，在一家福利院打工，目的就是学习他们的慈善管理模式。我乐善好施的性格，让我在以色列也很有名，“沙拉妈妈”的名号因此不胫而走。

做志愿者，首先要有一颗感恩的心，用这颗感恩的心去帮助需要帮助的人；而不是纯粹去那里盖个章，证明我曾经当过志愿者。要感恩父母

给我们生命，感恩大自然给我们食物，感恩师友给我们智慧，感恩成长过程中的点点滴滴给我磨炼。每一次做志愿者，我都会感觉到自己的灵魂得到了净化、得到了升华。

2002 年初我回国，当年年底我就开始去和平医院的眼科做志愿者，一个星期去两次。我很少上网，也不太看电视，我的左眼视力只有 0.3，所以更要保护眼睛。为此，我特别愿意帮助有视力疾病的人，我认为自己更能走进他们的内心，平息他们的伤痛。

根据《国民健康视觉报告》，我国 5 岁以上人口中，有各类视力缺陷的人数约为 5 亿，其中近视的总患病人数在 4.5 亿左右。中小学生近视率约 45%，大学生的近视率超过 90%，青少年近视率已经高居世界第一。若不采取有效措施，到 2020 年，我国 5 岁以上人口的近视率将增长到

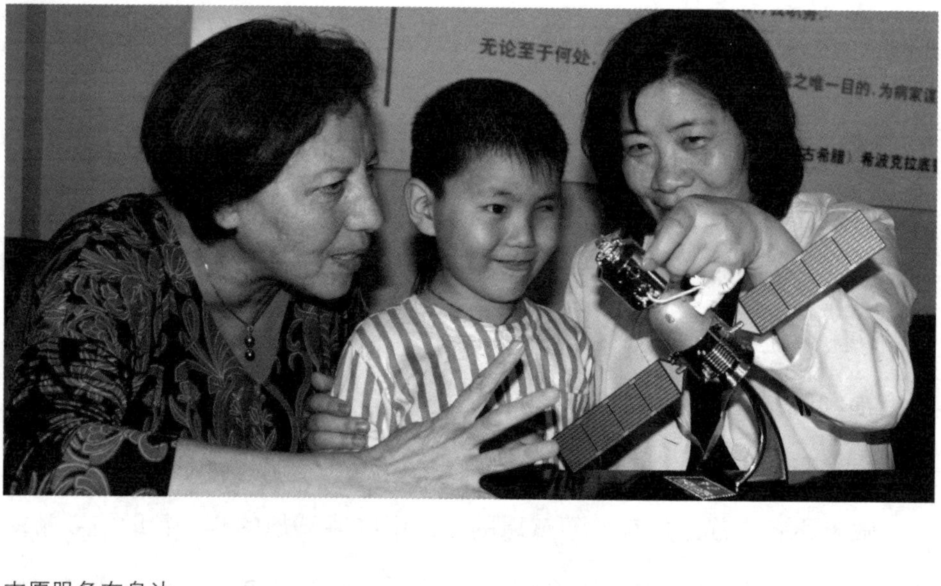

志愿服务在身边

51%左右，近视人口将达7亿，在航空航天、精密制造、军事等行业领域里，符合视力要求的劳动力将面临巨大缺口，因此我特别关注眼科的问题。

有钱出钱，有力出力

我在和平医院眼科当志愿者时，曾遇到过一个需要换视网膜的小朋友。换视网膜必须要有人愿意把视网膜捐出来才能做手术。而且手术后，还有一段很长的吃排异药的过程，我跟我儿子说："儿子，我可能需要你的一些帮助……"儿子马上就打电话给和平医院的朱莉教授："朱莉阿姨，我妈妈告诉我可能需要一些金钱上的帮助，这样吧，您说多少钱，您正常操作，钱我来给。"朱莉听后非常感动，她说很少见到这样的好孩子。

我的孩子们没有时间和我一起来医院做志愿者，但做志愿者并不仅仅是站在楼梯口跟人说"这边走、请喝茶、卫生间在那边"，志愿者的形式有很多。很多基金会的成立，就是其中的一种形式——让有经济能力的人把钱拿出来，让有时间有爱心的人执行落实，这也是做慈善。因此，我和孩子们结成一个联盟，他们工作忙，无法直接为病人服务，就出钱；而我有时间，就出力，直接跟病人沟通，为他们服务。

曾有记者问我："这些年来做志愿者，最让你感动的是什么？"我说最让我感动的就是朱莉教授，凡是碰到患有眼疾的病人，她都会为他人着想，她是真正做到了"医学之父"希波克拉底精神的要求：发挥一切能力为病人谋利益。

为病人提供心理上的陪伴

除和平医院外，我还去过同济医院、东方医院这类公立的三甲医院。我会去护士站询问：今天哪些人有困惑？哪些人需要开刀？有时医生也会直接告诉我哪个病人需要心理陪伴。通常这些人都是眉头紧锁，愁眉苦脸的。我先是跟他们唠家常，然后会劝他们："你没有去过其他国家，所以不知道自己多幸运，你真的应该感恩我们生活在中国这片土地上，感恩你能够睡在这张病床上。阳光照到你的床上，你没有感到温暖吗？你可能会对医生有诸多不满，但是他至少可以帮你解决问题……"我每次跑进病房，总会带上苹果、小甜点等食物，虽然并不是每个人都需要物质资助，但是每个人都需要心灵慰藉。因为我的协助，很多人走出忧郁，甚至有些病人会打听哪一天我会到医院做义工，专程在那一天去看病。我的付出有了价值，让我很开心。

刚开始，我只是每周两次去医院做普通义工，由于我做事果敢，后来我成为协助医院解决纠纷的好帮手，院里碰上解决不了的难题，立即就会想到我。我会多种方言，上海话、杭州话、苏北话、广东话……遇到不同地方的病人，我就用当地方言和他对话，所以我能迅速和病人打成一片。通常，情绪大的病人，只要我出面劝说，也总能破涕为笑。经过我的协调，本来怒目相向的人常常很快就会握手言和。有的时候兴致来了，我还会唱一些小调来娱乐大家。我本来就是个爱唱歌的人，各种各样的歌我都会唱。虽然在以色列，被迫压制了娱乐活动；但回到上海后，我也开始恢复唱歌的嗜好。别人点歌，我就唱，唱苏北的歌《三毛流浪记》，唱沪剧《燕燕做媒》，还有《听妈妈讲过去的事情》《雪绒花》……中文歌、外文歌，我

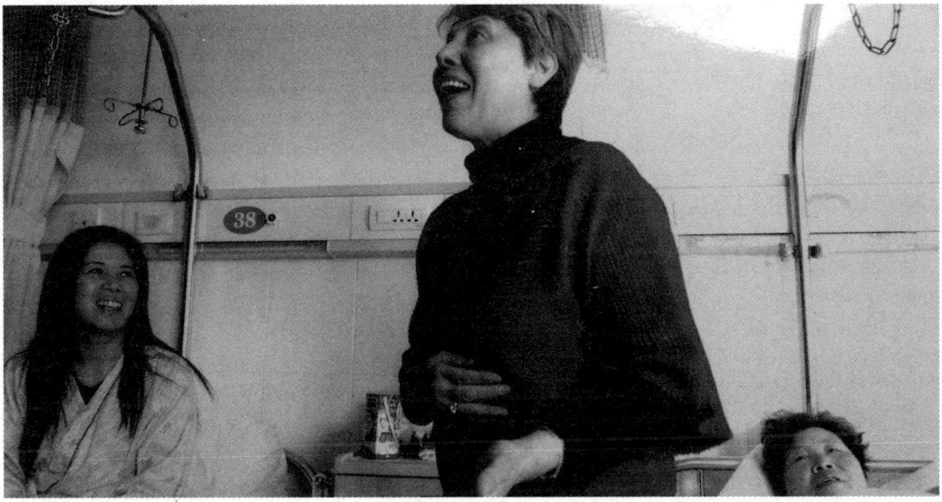

我会用各种方法抚慰患者，有时还高歌一曲

什么都会唱，往往高歌一曲就能博得掌声不断。我理解他们的困境，所以我不仅能解决病人一些肉体痛苦，更能宽慰他们的心灵。

怀念父亲，为孤独临终老人送行

有一次，我在急诊室的走廊里看到一个孤独的老人在喘粗气。我感觉他已经到了最后的时间了。急诊室每个人都很忙，没人能顾上他，而我也完全不恐惧，我拉着他已很凉的手，在墙的一角和他待在一起，我对他说："别害怕，我就是你的家人。跨过去就好，你慢慢走……前面好明亮，你会轻松的……"我摸着他的脸，轻声地持续地和他说话，一直等到他的呼吸完全停了下来……那一天，我送走了一个不是亲人但胜似亲人的陌生人。当年，我没有在父亲临终床前守护；那天，我陪伴了一个孤单的陌生人过世，借此净化了自己的灵魂，弥补了自己的遗憾。

把“捡”到的100元还给盲人

有一次我和儿子路过虹口医院，看到一个盲人哭着说，他的100块钱不见了。现场没有人理他，我知道原委后，就从自己包里拿出100元交给他，说:“你的100元没有丢，我在地上捡到了。这是你的100元……”那时候，我们刚由以色列回上海，儿子对我的行为不以为然，他有点生气地说:“他哭跟你有什么关系? 现在骗子那么多，你怎么知道他不是骗子? 世界上要帮助的人太多了，我们是帮助不完的。”我等他吼完，静静地说明:“对有些人，100元是天大的事，我们要感受他的失落感。我拿得出这100元，既可以让他相信世上有善良的人，同时也让他不会悲伤。100元，求一个心安就好。”

我的父亲教我助人为乐——**善欲人见，不是真善；恶恐人知，便是大恶。**我对儿子说:“善念是一件好事，你应该祝福我，不应该生我的气。”儿子听后很久没有说话，最后他说:“好吧，我宁愿相信他是真的，他不是骗子。”正直、善良、宽容，是我最想教给孩子们的东西。

慈善也要适可而止：只能救急，无法救穷

在医院里看到需要帮助的人，我都会尽力帮助他们。但我会悄悄进行，不会大声喧哗，以免引起他人注意，带给被帮助者压力。为善不欲人知才是真善! 但我也会适可而止，这样他不会产生惰性，有一份感恩的

心。譬如我在医院帮助很穷的病人装义眼，但我只会帮助他们解决医疗问题，不帮他们解决其他的问题，比如吃饭还是要自己解决，他们必须要想办法自立。我们作为志愿者，出手帮忙只能解决一部分问题，但是我们无法彻底解决问题。

有一次，我出钱帮一位小朋友做眼科手术，并跟他妈妈讲：“你放心，这个装义眼的钱我会付的。”当我下楼梯的时候，同病房另一个病人的家属就跟着我，在楼梯间拉着我说：“我也很困难，你是不是也可以帮我们付医药费？”我经常遇到这种情况，但是，我只能帮护士长告知我的病号，只帮真正急迫的病例。我无法救白血病这种病，我只能救失明与否就在关键时刻的人，有些孩子的治疗错过时机可能就永远看不见了。我帮助人从来不给现金，只帮忙给医药费，而且从来都不留单据记录。我知道自己能力有限，要量力而为。

鞋盒里的卡片竟让我成为畅销书作家

回到中国，做志愿者是计划中的事，但是非计划内的事发生了，不求名利的我，没想到无心插柳，不但成为慈善名人，而且竟然还成了畅销书作家。这都是我始料未及的结果，因为我回国后的主要工作不是求名求利，而是要做贡献。

我在以色列教养孩子们时，会经常做一些记录，一般都是随手写在卡片上，然后放在一个结实的旧鞋盒里留作纪念。但是，凡是看过我的卡片上内容的人都会问："这是哪个作家写的？"我还有一个本子，本子封面上写着"夹缝中求生存"，里面记载着我有如一只蚂蚁求生存的过程。我认为，在山和山之间，水在求生存，而我就像那水，在人的夹缝中求生存。

我没有电脑，也不会用电脑，就只有这些卡片及这个旧本子，但是不知怎的，我的"鞋盒里的卡片"被媒体和出版社知道了，出版社很感兴趣，就守在我家劝我出版。他们的坚持打动了我，我把鞋盒里的卡片以及本子交给他们，配合我补充的一些内容，这份书稿经过专业的编辑就出版了，然后就畅销了……我做梦也没想过自己能成为作家，更别提成为畅销书作家了！但是，事情就这么发生了。

接下来，因为零点集团袁岳的引荐，我走进演讲圈。记得我第一场演讲，是被安排去一家保健品公司做演讲。我想了想，演讲题目定为《我让孩子健康成长》。我讲艰苦的以色列生活培养了我的坚强，也造就了我的孩子的坚强，结果一炮而红。

从此，我又成为一个讲师，由企业界讲到学校，由万人体育场讲到大操场。我不求名利，并没有想要在这方面有多少成就，接受“讲师”这个角色，是因为它除了可以满足我想要分享的欲望外，出场费也可以让我做更多慈善工作，从此我就成为大型演讲的主讲者。演讲的感受非常美妙，

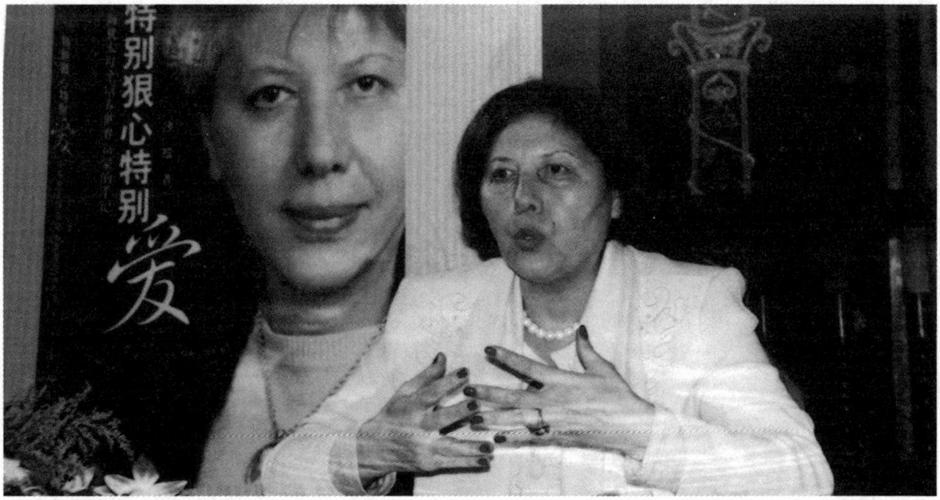

我的新书发布会在上海犹太难民纪念馆举办

我感受到大家对我的尊重，会后也有许多人要跟我一起拍照……不论是著书还是演讲，我希望大家可以从我身上得到一些正能量，同时我也觉得自己多了一份责任和担当。

凡事都有两面，我出书是想与人分享，帮助更多读者少走弯路，学习科学的养育观和教育方法，但是我的家人并不喜欢我写书及演讲，家人不为我受邀演讲感到骄傲。犹记得我的书第一次印刷时，出版社通知我们印了20000册，孩子们说："书我们全包下来，不要进书店。"我理解他们的心，他们不愿意成为公众人物，只想要踏踏实实做人。他们也不希望我操劳地四处抛头露面，他们说："妈妈，你苦了一辈子，不为名不为利，只为一份心灵的安慰，你就做志愿者好了。"对于他们的困扰，我深感歉意，但我希望他们能理解，我是以他们为荣，我也很喜欢与人分享我的心得，我们的经历是世间少有的，所以当我回到中国分享教子秘籍给大家，讲了一些小故事就能激起许多反响时，我当然会想：为什么不把它们写出来帮助更多人呢？

感谢读者的信任与支持，我的书到目前已发行近百万册，希望我的作品可以帮助更多家庭，而我也会继续创作。

难忘的监狱演讲

政协的工作是关注民心和民生，我很愿意带头去做公益。成为虹口区的政协委员后，我就做好了基层服务的心理准备。

我第一次来到办公室的时候，被简陋的办公条件吓到了，但我们把工作开展得有声有色。我们成立为老侨民服务的夕阳红俱乐部，开展一些活动。我主动到居委会，请求举办小区公益活动，但是在走访居民时，每户人家都门户紧闭。我很困惑，为什么大家生活过得越来越好，人情反而越来越淡薄了呢？我认为人们应该彼此关心才是。

不管在何等困难的环境里，我从未停止阅读，因为阅读就是对世界的关心。我从小养成阅读习惯，打小就关心国家大事，爱看《人民日报》《光明日报》等报刊，而这是一时半刻培养不出兴趣的，只有长年耳濡目染才能养成，所以在一定程度上我具备出谋划策的潜力，可以胜任政协委员的工作。虹口区四川北路一带做改造时，我曾为那些历史悠久的小店铺奔走，我也曾为中国房价、建议出租车司机带雨具而提出提案……爱，是需要表现出来的，这是我的终生原则。

我回国之后，中华全国归国华侨联合会正在筹建女侨胞联谊会，我就和他们结缘了。在这个组织里，我学习到了中国文化的特质，以及适合社会的为人处世方法，也感受到了家庭的温暖。记得在我 60 岁生日的时候，侨联领导为我筹办了一个令我难忘的温馨生日会。

滴水之恩当涌泉相报，我回报的方法是更积极地参与侨联活动。在上海世博会期间，我家成为“世博家庭”。我把家里好好装修了一番，接待来自五湖四海的游客，我努力地做一个与上海共同成长的好市民。

我在全国各地做过许多演讲，各大学校、各大企业……但最难忘的一次是去了上海监狱。我演讲的题目是《在困难面前不气馁》。我曾这样与大家分享：

“每个人的人生都像一把梯子，人人都努力往上爬，但梯子放在不同的地方，结果去到不一样的地方。如果你犯了罪，被关起来了，你的人生就如同掉进了一个窟窿，要由窟窿深处开始爬你的人生梯子；你不小心掉进了陷阱，但你同样有一把梯子，只是这就是铁窗生涯。黑暗木屋里的梯子很窄，爬上去很累，但你只能艰辛地往上爬。铁窗里的这把铁梯子冬天不暖，夏天不凉，而且你看不到光亮。人生梯子的间隔那么宽，你需要等待 365 天才能跨上去一格。每一年是一格，每跨过去一格才过了一年，你需要再等待 365 天，才能跨上第二格梯子。有的人的梯子是七格，有的人的梯子是五格，有的人的梯子是十格，也就是你的刑期。但这是脱胎换骨的磨炼，你比在监狱外的人更需要坚强的意志、耐力与体力。”

担任许多大会、研讨会的演讲嘉宾是我服务社会的一种方式

我告诉他们："你们要自我反省、自我提炼。同时，不要在意你和别人之间有什么样的不公平，因为，这个世界从来没有绝对的公平。他生在富人家，你生在穷人家。他比你先出去了，你比他晚出去。但可能，走到你的家门口时迎接你的是你的妻子和已经成长的孩子，你的家还在。而他可能匆匆忙忙奔回了家，打开家门时却一个人也没有，该走的和不该走的都走光了。也许你觉得不公平，可是，此时此刻就是最大的公平。我希望你们在里面也要锻炼身体。我知道你们在这里伙食很一般，但其实人生不需要太多营养，吃饱了就好……"

我说："各位，你们不需要心灵鸡汤，因为你们需要的慰藉、开脱、宽慰不是监狱外的那些鸡汤可以满足的。你千万不要跟其他人比，不要怨叹为什么他的刑期那么短。人生不要攀比，有比较就一定会带来痛苦。人要务实，接受眼前的现实。"

演讲过程中，我会插一些我在以色列生活的故事，再继续回到他们的现实生活，鼓励大家积极改造。后来监狱长告诉我，这些服刑人员最受用的一个启示就是“爬梯子”，这个比喻他们从来没有想到过。

女承父志：滴水之恩，当涌泉相报

曾经，纳粹的铁蹄踏碎了犹太人的美梦，我的父亲不得不逃离在欧洲的家园，颠沛流离来到一座陌生的城市——中国上海。我们成为来上海避难的犹太家庭之一，我永远感恩上海这座城市给我们提供的庇护，感恩上海人给予的温暖。当年犹太人来到中国时，中国也正值战乱，可说是共患难。

而今天，犹太人的国家以色列有一个独立广场，一圈石柱拱卫着熊熊燃烧的独立之火。火炬下的文字是“没有他们的帮助就没有今天”，石柱上镌刻着大写的英文字母“China”。中国，成为这些难民的再生之地。犹太人也是个感恩的民族，时至今日，在以色列，只要你有困难，只要说你是中国人，立马会有素不相识的犹太人来帮助你。

中以交情，多么温馨！身为稀有的中国犹太后裔，我要积极探索两种文化的精髓，以此为载体，传递返璞归真和友爱和平的正能量。但是，要如何感念上海对我们的恩德？如何见证反法西斯战争胜利与中以患难真情呢？感恩不只要说出来，还要做出来！所以，我要把所有言行化作行动，用具体的行动来感恩中国。

制作纪念金币及雕像

当有人找到我，说要以犹太人在上海的故事为原型做世界反法西斯战争胜利 70 周年的纪念金币，问我有没有什么建议的时候，我的脑中立即飞速出现童年记忆中一个温馨的画面：

一个风雨飘摇的傍晚，我迷路了，抱着心爱的熊猫玩具，淋着雨，在狭窄的石库门弄堂里寻找自己的家。猛然间，头上的雨仿佛停了，原来是一位美丽善良的中国阿姨撑伞为我挡雨遮风，这个中国阿姨不顾自己的身上淋了雨水而来关怀我……当时的我睁着迷茫的眼睛看着阿姨，那是我心中永不磨灭的温馨记忆，当时，我仿佛见到了一盏送来光明的烛台……

我把这些记忆的碎片细细地说给艺术家听，引领着他穿越时空的阻隔，让他成功地把我诉说的种种交错与沉浮凝聚成一个画面，凭着他对这段中以情怀的关注和深思，把他的创作热情投注在栩栩如生的画面上。伞意味着保护，这是东西方皆知的象征符号，感谢中国，在天塌下来时给我们撑起一把伞，那是把生命之伞，挡住了风雨，保住了血脉，使我们度过了最艰难的岁月。难忘中国情、上海义，感谢设计师王文栋，感谢这片土地上所有帮助过我们的人。金币上的图案后来被打造成一座绝美的

纪念雕像的原型

雕像，现在这座雕像在长阳路上的上海犹太难民纪念馆对面，永远见证着历史。

完成这件事，是我回到上海后最让我有成就感的事之一，因为这不就是许许多多善良的中国人曾经给予犹太人帮助的最具体纪念吗？在世界反法西斯战争胜利 70 周年之际，这座雕像表达了犹太人对上海这座城市、对中国这个国家的深深感恩之情。这座雕像，纪念了两个民族患难与共的友情，它就是我们渴望世界和平的具体表征。

“中国犹太人”回访中国潮

在世界反法西斯战争胜利 70 周年时，中以关系日益密切，一批“中国犹太人”来华寻根访问。上海虹口区委、区政府投入了大量的人力、物力和财力，努力打造新虹口，修缮了上海犹太难民纪念馆，让他们有家可归，犹如儿女重回母亲身边。

中以建交后，越来越多的犹太难民及其子女抱着怀旧的心情，从世界各地重返中国，寻找祖辈在此留下的足迹，这也算是一种寻根。

上海犹太难民纪念馆经常接待以色列犹太感恩代表团，代表团成员有上海犹太难民、难民子女和犹太精英人士，他们专程来对“二战”期间中国民众拯救犹太难民的行为表示感谢。“二战”期间，中国人在非常困难的境地中保护了大量犹太难民，犹太人和中国人都不会忘记那段历史。这是另一波回访潮，不管是参观、旅游还是投资，这批来华的都是更有实力的人。曾任美国财政部部长的布鲁斯萨尔，也曾经是一名犹太难民，他就多次回到上海虹口他们全家四口曾住过的中山路 59 号的 10 平方米的房间里，而且带着下一代来这里。他们目睹那曾经让他们安身立命的小房间，热泪盈眶。他们没有忘记，我也没有忘记，而且，我们都不要我们的孩子们忘记。

我们记住昨天，是为了过好明天。作为一个犹太难民后裔，我深怀感恩之心，感谢虹口，感谢上海这片土地，感谢她曾收留过成千上万的犹太难民。感谢所有给过犹太人帮助、曾为他们的苦难而付出过怜悯的伟大中国人民。

滴水之恩，当涌泉相报

上海敞开怀抱欢迎我们，我们才能躲避战争风雨幸存下来，我的心里对中国人，特别是上海人充满了感恩之心。父亲的求生过程，让我知道生命是多么脆弱，想要求生就必须具备智慧，这就是犹太人生存及壮大的精髓，而这都是我们要学习的。在对孩子们的教育中，我也一直跟他们强调“滴水之恩，当涌泉相报”。我的孩子们曾经不理解我为什么乐善好施，更不明白我自己不舍得天天坐出租车，为何经常帮助人看病；但随着我的言传身教，他们都懂得了“先人后己”乃是美德。我欣慰地看到整个社会的成长，以及孩子们的成长。我认为纪念馆对面的那座雕像除了让不知道当年上海义举的人有所了解外，更让我的子女学会了感恩。

做一件好事并不难，难得的是一辈子做好事

过去，每天是寄托在远方的梦想把我叫醒。现在，我的梦圆了，每天把我叫醒的是：我可以为我的国家做什么事？只要是在我能力范围里，我会以我的方式终生为我的故乡做贡献。2002 年我在上海公立医院做义工的时候，义工队伍只有 10 人，但现在义工队伍已经壮大很多，能够实现三班制，也就是可以全天候地照顾病人了。从活动安排、人员联络到心理辅导都有许多人参与，这就是时代的进步。公立医院附近有所学校，现在这所学校的孩子们都知道了义工的工作，也很愿意来参与。通常，我会在义工组织的框架成熟后，就去另外一家医院，因为我要去更需要我的地方。我就像一个陀螺一样，想最大限度发挥自己的价值，停不下来。

在回归中国的这些年里，我不断地得到国家的肯定，前前后后获得了数十个奖项，如 2011 年的中国十大孝子、2016 年的浦东十大好人、

2016 年的上海慈善家……

今天我的美誉，是做了很多事情堆起来的，也是被贵人“推”出来的。我从来没有为自己的私事去找过领导。第一，我没想过要别人帮忙；第二，我觉得领导的工作是为大众服务的，我应该为他添砖加瓦，而不是拉后腿添麻烦。我知道：坏人是挖出来的，好人是推出来的，你想爬是爬不上去的，必须有人推你。我自己没有爬升的意愿，但是好事美誉自动上门。对于这一切，我很感恩，感谢所有给我荣誉的人，感谢你们认可我的付出！

同时，我认为我被推选出来不是我个人的荣耀，而是为了让更多人看到：我的父亲，一个犹太人到了中国，生了一个孩子，这个孩子回到以色列又选择回到中国，而这样的一个人愿意为故乡做更多的事情！我只是一个示范，一个榜样。我相信榜样的力量，而所谓的家教，就是榜样。为了写这本书，我把堆在书架上的奖状整理了出来，真是非常感谢有这么多单位对我如此肯定。

这些奖项中，最让我意外的是，我竟然被选为“十大孝子”之一。原因是我照顾与我一点儿血缘关系都没有的继父。我的养母早已过世了，但是我却照顾继父有如亲生父亲。他自己有三个儿子，却选择住在我家里。同时，他觉得我的养母非常对不起我，他对我养母占有我的财产，还想把我置于死地的过程非常清楚。他曾说：“我作为旁观者，那个时候我不敢说，很对不起。”但我认为，养母已经不在世间，一切都已是过眼云烟。所以，即使继父跟我完全没有血缘关系，但是当年既然做过一家人，我就要感恩，就要回报。结果，我就成了“十大孝子”之一。

此外，我被评选为洋泾地区的形象大使。既然在浦东洋泾街道居住，我总想成为一名彻底的洋泾人。由于性格热心、爱管事，我常常会跟物业管理部门商量，不要让外来车辆占用儿童乐园和老人的活动场所。如果花树没有被好好照顾，我就带着保姆，拿着水桶给小区的绿化带浇水护花，因为小树也有生命，我们必须给它们喝水。结果，我爱管事的行动，带动了其他居民，一起来关心小区的公共建设，共同建设和谐小区。

“一个人做一件好事并不难，难得的是一辈子做好事。”我一直用这句话鞭策自己。汶川地震时，我虽然没有前去做义工，但我的儿女号召在以色列的华侨捐了上万美金。我想，我要做那个不停种树的人，建起一片树林，把成果留给后人。现在，我每天最重要的事，就是及时行善。由于我频繁往来于家和医院，所以医院外面的很多出租车司机都认识了我这个外国老太太。我最高兴的是，一次，某个出租车司机认出了我，还对我说：“你是一个有价值的人。”

不爱旅行，竟成为环游世界的老太太

我小时候爱集邮，常看集邮杂志，也爱看旅游杂志，在纸上环游世界。我对世界大概有个轮廓，但并没有像旅游专家那样，准备一份地图，然后把自己想去的国家插上国旗，我并没有这样的计划。

想想我在以色列这么多年，都没去过欧洲；记得回中国之前，儿子建议我去意大利玩，我也没有去。我的人生，基本上是为了生存、为了儿女在奋斗，为此付出了一切。上海是生我养我的地方，我抱着退休养老、从事义工的想法回到上海，不求名不求利，也没有游山玩水的计划。但没想到的是，根本不爱旅行的我，回国后竟成为环游世界的老太太。

随着中国经济的发展，人民经济水平提高，不仅仅能保证温饱，还可以实现文化旅游等更高层次的需求，国内游，国外游，全球旅行与商务的交流都越来越频繁。10 年间，我已去过近 90 个国家和地区旅游，主要是因为我先生喜爱旅行，我就陪他一起去。中国富了以后，旅行成为生活的标配，我有幸活在这个时代里，成了一个环游世界的老太太。

印象中最难忘的一次行程，是2016年我们去马达加斯加、毛里求斯等地的那一趟长达20天的行程。快出发时，我的先生还在住院，而且病情很严重——全身都插了导流管，脚还是肿的。你想想看，这样的人怎么去旅游？旅游要靠两只脚，没有脚如何旅行？同行的人都为我们捏一把汗，但是我说："不到万不得已，我们一定成行，不会影响整个团队的兴致。"我们两个人非常坚持，我做好了心理准备："哪怕推着轮椅也要一起去。"遇到这么大的困难，是一般人无法想象的，需要我们两个人都坚持才可以。旅行社也很犹豫，因为这样的团员会影响整个团队的节奏，而且在境外不一定有合适的医疗条件，万一发生什么问题怎么办？一般的旅行社肯定会劝阻，但这家旅行社全力配合我们。事后，旅行社总经理劳逸先生告诉我："你这个女人一生走过多少惊涛骇浪，经历过多少风风雨雨，由生活到婚姻，都是常人无法想象的，我认为你能完成这样的行程。"他理解我，所以像朋友一样鼓励我、支持我。

在出行的前几天，我把先生由医院接出来，准备了一个德国产的很轻便的铝合金手推车，决心无论如何要把他推过去。我专门找了一个很棒的领队，一路上帮我一起推着我先生，我的先生是一段路程坐轮椅，一段路程走路，就这样坚持着完成了行程，大家都很感动。

我喜欢独特的线路。有一次去南极，一位坐轮椅的德国老先生与我同船。老先生一生最大的愿望就是要登上南极大陆，他的女儿女婿带着他登船实现他的梦想。而他要登陆南极是不容易的，因为在登陆的时候要转坐皮筏子，他无法走路，所以要拿掉轮椅，一个人独坐一个皮筏子，

在非洲的大草原驰骋

旁边配备开船工以及服侍他的好几个人。人多力量大，大家把他抬上皮筏子，又抬上南极冰地。当他把双脚落在冰地上时，他说："我今天完成了我一生中最大的愿望，登上了南极大陆，我很快乐、很满足，也很兴奋。"他喜悦的心情溢于言表。

我走了那么多国家，去过发达国家，也去过贫穷的国家。去马达加斯加这个岛国，我感触极深。这里有的地方没有水，没有电，没有娱乐，就是孩子多。一个妇女大约要生 10 个孩子，吃饭问题都解决不了。旅行回家后，我越发认为中国共产党真了不起，能让那么多人有饭吃，让中国站起来、富起来，让穷人脱贫致富，让孩子有书读，有饭吃。对于生在边远山区的学生们，现在已有大批爱心人士去捐助，证明这个社会是有爱有温暖的。

无论如何，我庆幸自己童年时代看了很多书，晚年又有条件去旅游，让我有机会去印证。小时候我就知道奥林匹亚在希腊，但身临其境，感受还是不同；到英国去看了马克思的墓，许多旧时回忆就迎面而来；到了古罗马竞技场，依稀就是我童年看到的旅游杂志上的画面。我看到南半球、北半球、印度洋、太平洋截然不同的风光，我看见富裕豪华及肮脏贫穷，看见过文明国度及政治家的无能造成的人民连饭都吃不饱……

我是环游世界的老太太，去过的国家越多，内心的感恩就越多。所以我每次旅游回来都很愉快、很满足，飞机一落地，我感觉又回归到自己安静与平静的生活，真好。回过头来看，中国在我的心里越来越伟大。也许有的国家福利待遇好、空气好，或是连你的父母也能拿到养老金……但是，你要问自己的是：你是否找得到家的感觉。对我而言，我旅游全世界，还是认为自己应该举家回到中国！因为哪里都不是我的家，我的家在中国。

旅行过程中，我也发现不少问题，在此希望给广大旅行者一些建议：

1. 随便拍 1000 张照片，不如用心只拍 2 张

现在的旅行者，往往是上车睡觉，一下车就没完没了地拍照，自拍、合影、互相拍，没有用心灵去感受风景。面对历史的景点和自然文化遗产，我认为与其随便拍 1000 张，不如用心只拍 2 张。旅行中我不会拍很多照片，而是会用心欣赏美景，试着把风景内容与历史故事连接起来，我喜欢印证世界上曾经发生过的事情的场景。若没有把风景内容与历史故事沉淀交融一下，等于白来这个景点。我们更应该在旅行中观察、学习各

地人的生活态度。

2. 别把陋习带出国

在欧洲旅行，当地人吃早餐都吃得很少、很节俭，而我们很多人一坐下来，就会盆满罐满，吃肉、吃水果、吃面包、喝好几种果汁，有时我会觉得有点羞愧，因为别人会好奇：你们怎么那么饿？是不是从没吃过这些食物？吃自助餐时更是如此。因此，酒店总把我们的旅行团排在最里面，就是怕我们大声喧哗，影响别的客人。我们的旅游教养亟待提升，这是我走了这么多国家最大的感触。

3. 深度旅游，通过旅游感悟人生

随着时代的发展，旅游的深度已与以往大不相同。最早是一边走一边看，这种叫“旅行”；然后是“观光”，一路开车去看风景，走马观花，停留的时间很少；现在则提倡深度的“旅行加度假”——选一个目的地，早上到了停下来细细品味，看日出、看日落，把线变成面，通过旅游感悟人生，这是更高的层次。

旅游可以放松身心，可以提供时间思考，通过旅行可以把你的感受、胸怀带回来，激励你后续的工作和学习，为你的将来引路。旅游是人生很重要的一部分，我认为旅游必定要引向深入，必须是文化加旅游，我们的经济是发达了，但我们要用大脑去思考、去体验、去旅行。我期待深度的旅行，更希望我们的旅游文化快速提升。

幸福不是一道证明题，而是一种满足感

回到中国多年后，有一次法国路透社记者采访我，我们用希伯来语对话，他问了我三个问题。第一个问题是："你为什么没有再回到以色列？"我的回答是："以色列是我的国家，但中国是我的家。"第二个问题是："对你而言，以色列与中国，哪个你感觉更亲近？"我的回答是："打个比方，如果中国和以色列在国际性的赛场上比赛，不管是哪个赛事哪个杯，我希望中国队赢！"

第三个问题是："你闯荡了一大圈，人到中年到以色列寻根，吃尽苦头，这样的选择后不后悔？如果重来，你还会不会再去以色列？"

对于这个问题，我心中早已想好了答案："若是为我自己，我是不会去的，因为实在太苦了；但若是为了我的孩子们，我一定再去，再苦也要去！因为，我看到孩子们的生命格局，因为在以色列的经历而产生巨大的变化。我如果没有带他们去如此特殊的一个国度——以色列，体验如此

特殊的犹太家教，今天的他们一定是完全不同的他们！”

我庆幸自己曾让孩子们在以色列遭遇炮火震撼，拣别人剩下的衣服，自食其力卖东西，突破文化交朋友，尽早走向世界！他们的格局因此不同。我的孩子们不会有狭隘的种族意识及浅薄的自私主义，他们早就觉悟到“人外有人，天外有天”，世界无穷大，本领要高强。

我建议家长，给孩子狠心的爱，以家风来引领未成年人活出生命意义；我建议年轻人，要尽早去看世界，体验不同的文化及国家，多多吃苦！我建议每个人都要找到自己的家园及祖国，唯有尽早认识这些，才会明白，“回归”才会得到真正的幸福。

人生就是过五关斩六将，但现在的我累了。人生汲汲营营，又如何？最多数十寒暑，且看高山上的古树，历经几千年俯瞰人类的争名夺利与明争暗斗。我期许自己就做这么一棵大树，站成永恒，了脱悲欢。不管是阳光还是风雨，不管是尘土还是雨露，现在的我，既锋芒毕露，又非常沉默、非常骄傲，从不依靠、从不寻找，这就是我。遇到困难，我不会等待，我会勇往直前。毛主席曾说：“一万年太久，只争朝夕。”人生，有时是不能等的，路虽漫漫，但通常是机不可失、时不再来。命运常常掌握在自己手中，你也许禀赋天成，也许资质平庸，但命运要靠自己去掌控，靠自己去奋斗。

2017 年 6 月，我第四度去到以色列，站在我曾经奔波、流汗的街头，回想那些汗与泪，凝聚出来的都是父亲影响我一生、帮助我释怀的人生智慧！这一生我得到的东西与得不到的东西都非常多，但我必须释怀，而且此时此刻我也做到了释怀。我深刻地感到：有时我们走得太累，不一定是因为走得太远，可能是背负的太多；有时我们活得太累，不一定是因为我们缺的太多，而是我们要的太多。人生如同没有回头路的拾荒，想走得远，你不能背的太重，必须经常清理背篓，该扔该留不犹豫。

其实幸福不是一道证明题，而是一种满足感。因此不能用你的生活质量来证明你的幸福指数，但恰好你的满足感能透露你的幸福感。一生很短，不必追求太多；心房很小，不必装得太满；家不求奢华，只愿充满温馨。人知足就会快乐，心简单就会幸福！目前，我对我的人生非常满意，如果还有一次选择的机会，我还是会选择生活在这个时代。

写作这本书的过程中，我回顾自己的来时路，发现怨恨和恐惧就是与人相伴的两大心魔。修行的核心在于摆脱对过去的怨恨以及对将来的恐惧。没有一件事情会无缘无故地发生在你身上，没有一个人会无缘无故地出现在你生命里——世间的每次相遇，都是久别重逢；人生所有际遇，都是命中注定；生命中的所有经历，都是最好的安排，是来帮助你、成就你的，是你的福气。最后我想祝福大家：一生努力，一生被爱，想要的都拥有，得不到的都释怀。

犹太父亲留给女儿的27条智慧金句

关于人生

1. 人生如同菜场，不要一看到东西就马上把它买下来，你必须要学会做比较，做选择。

2. 空间就是机会，成本也是机会。你花了成本买了东西，就是放弃了其他的机会。人生也是这样。我们每个人都需要空间，如果每个人都把自己的人生完全填满，就没有空间去寻找自己想要的生活了。

3. 世间万物都有自己的生存逻辑，我们要心存敬畏，而不是去占有它，更不能去破坏它。敬畏大自然里每一个生命，这是一个人最大的美德。

4. 工作是为了生活得更幸福，不要因为生计而忽视享受生活，它会让你失去很多美好的东西。

关于做人

1. 做人不可以任性，因为任性是不幸的祸根。

2. 做人留一线，哪怕自己有十分道理是对的，也要把三分留给人家。

3. 善欲人见，不是真善；恶恐人知，便是大恶。

4. 你悲伤时，不要做任何决定；你快乐时，不要做任何承诺；你生气时，不要做任何事!

5. 如果你没有钱，你就要努力把人做好；如果你有钱，你就要努力做好人。因为，做好人是需要用钱的。

6. 不可以说“饿死了”“累死了”“痛死了”等轻率的语言。

关于交往

1. 鸡蛋如同友谊，经不起磕碰，所以要小心呵护和同学之间的友谊，千万不要用言语去伤害别人。再不喜欢的人，你也要很客气地拒绝。

2. 不可在背后讲别人的是非，嘲笑别人的缺点。不要随便得罪人。

3. 千万不要轻易去恨一个人。如果运气不好，你遇上一个对你很不好的人，那你要想想他是否曾经对你好。哪怕他有那么一次对你好，你也要学会记住他的那一次好，而不要记住他的 99 次不好。

4. 选择男人，一定不要看他的经济条件，你要看的是那个人是否在意你，是否知道你的需求。知道你需求的人，才是爱你的人!

5. 做人一定要慈爱，只要能力许可，就要帮助弱小。

6. 有客人上门，一定要恭敬相待，要倒两杯茶，两个人一起喝茶，不可以只倒一杯茶来节省。

7. 言行检点，凡事要礼让，对人要谦卑。

8. 吃东西不可以发出声音，不可以大声喧嚷。说话只能你跟对方两个人听见。

关于生存

1. 凡是未知的事情，都会有风险。

2. 发生意外时，你要：想三次，退三步，然后闭嘴。

3. 水，不要碰；电，不要碰；因为水火无情。

4. 遇到困难时，你可以待在原地不动，但不要在黑夜里毫无目的地闯荡，不要在黑夜里闯进你不熟悉的环境。

5. 一句话说出来之前，要经过三道门：第一道门是脑子，第二道门是牙齿，第三道门是舌头。通得过这三道门的话才可以讲出来。

6. 财不要露白，衣服要有暗袋。

7. 小心飞来之财：有钱让别人捡，让功劳与荣誉属于别人。

8. 人会被骗，是因为没有战胜自己的欲望！不可以拿别人的钱，要战胜自己的欲望。

9. 珠宝的功能，第一是保值，第二是增值，第三是保命、救命。

两代人的回归梦

我为什么要写这本书呢？其实，在创作《特别狠心特别爱》之前的2003年，我就动念想写这样一本书。但在纠结中断断续续地写作，直到今年，我才把这本书完成。动笔写父亲的故事以及自己的一生，就等于是把犹太民族与难民的过往都翻出来。回顾我复杂辗转的一生，只有用千头万绪才能形容，愿上天继续赐我足够的勇气、耐心、时间以及严谨的陈述态度，助我把父亲的智慧以及我传奇的人生经历解读给关心我的读者们。

在一个家庭中，母爱是一种智慧，父爱也是一种智慧。我的父亲是一个很有修养、很有智慧的犹太老人，他可能觉得陪伴不了我太久，在我非常小的时候，就给了我许多生命教育，是我一生中最重要的支点。我父亲的话不多，不像有的父母会喋喋不休说着重复的话；他从来都没有骂过人，从来没有对我厉声过，但是只要他一开口，都是让我终生难忘并且受用无穷的守则。

在我的成长过程中，父亲把人格教育放在首位，他曾经在送给我的一个笔记本上写着这几个词：博爱、感恩、诚信、忍耐、乐观，而在几个词最后才写着“知识”，其意义不言自明。

我们作为家长，最应该给孩子的东西是什么？其实不是物质，是家庭团体百折不挠的精神，是家庭团体坚强自信的品格，是一家之长对孩子无怨无悔、富有成效的爱。

感谢父亲的智慧及书本的世界，是这些让我能承受人生路上的大起大落。虽然我从小就知道自己与众不同，但直到今天，当我回顾我的前半生时，我还是感慨万千，我的人生竟会如此千回百转！我经历过“文革”，也曾经历过死里逃生，有过梦想，也经历过现实，小小的我承载了大时代洪流的波涛，我就是一个时代的见证者。我就像一个非自愿的乘客，上了自己不想上的车子。但人生就是这样，不管你手上拿到什么样的扑克牌，都要打出一手好牌。

曾经，我认为上天不公。为什么让我生在这么复杂的家庭、这么变幻莫测的时代里？但我现在明白，若不是经历那些事情，我也不可能完成后面的历练。对我进行过深入了解的领导也曾对我说：“同样的人生，如果换成别人，可能不是疯掉，就是已经活不过来了。”我只能说：“为女则弱，为母则强！”我要学习低头的麦穗，以及向农夫脱帽致敬的林肯。作为一个长期生活在中国、对这片土地有着无限热忱与感激的上海犹太母亲，我希望能够用我微薄的力量对现状做出一点点改变。

写作这本书的过程，如同一趟回顾之旅，尤其想起儿时父亲对我的谆谆教诲以及当年带着孩子寻根的血泪，有如打开潘多拉的盒子，心中非常痛苦，这并不是一件很轻松的事情。我的人生是一段起伏的历史，它无法跳跃。由上海到以色列，再回到上海，让我看到了中国精彩可期的未来。

父亲从小教导我与人为善，用智慧生存，给予我很多生活的智慧，使我逐渐成为一个对未知生活有准备的人。在父亲离去后的日子里，我渐渐学会了宽容，学会了接受。父亲的教养力量影响我至深，自始至终陪伴着我，所以我强烈地想要寻根，探寻犹太民族的智慧精华。

年至孔子所说的“七十而从心所欲，不逾矩”的今天，我清楚地看到，历史在每一个跨度都可能重演，古人说的“风水轮流转”果真是真理。我的一生，就是两代人的回归梦。父亲40岁时来到中国，我40岁时踏上去以色列的寻根之路，原来我的起点就是终点！就算是时局阻隔，移民境外的人最后心中不都是会升起“叶落归根”这个心愿吗？现在想去国外读书、想要移民的孩子很多，我们也要这样教育我们的子女，认祖归宗，他们才会是幸福的人，我们才是幸福的父母。

通过这本书，我也想让大家知道，一个在中国长大的犹太后裔，为了代父寻根，回到了父亲的故土，但她过得并不尽如人意——在以色列的日子非常辛酸。德国有一条法律：凡是犹太人想去德国，就可以立即移民。我的选择是会去德国旅游，但不会选择移民去那里。家是心之所在，你可以决定你所在的地方，但你的心会决定哪儿才是你的家。我经历人生规划的板块大挪移——回归了我幼时“魂牵梦萦”的以色列，但最后才明白，我的家在中国，生活在上海，我的心与灵终于合一！我和上海共同经历了历史进程中的风雨与洪流，我就是中国上海的女儿。我陶醉在中国的文化里，要在母亲的怀抱里平静生活。我要拥抱我的祖国。

我也想告诉那些已经移民或正想要移民的中国人，不要以为外国是天堂，我们不缺衣服不缺食物时，更要懂得珍惜与感恩。不然，换个环境感受一下鲜为人知的移民生活，就会明白：外国的月亮再圆，也没有自己祖国的月亮美。不管你向往的是哪个国家，请记住：你的家在中国，无论你在哪里，你要到中国寻找你的根！

记住昨天，是为了过好明天。作为一个难民后裔，我深怀感恩之心。感谢虹口，感谢上海这片土地，感谢她曾收留过成千上万的犹太难民！感谢一切给过犹太人帮助、曾为他们的苦难而付出过怜悯的伟大的中国人民！

我的作品，不只是我的个人故事，它也是让世界了解中国人与犹太人患难扶持、恩情往来的见证。希望这本书的出版能加深中华民族与犹太民族之间的世代友谊。我愿成为中以友谊的一个小小的传播者及交流者。

感谢那些对家庭教育及犹太文化感兴趣的人，谢谢你们！因为你们来看这本书，才让我的时间及经历有了价值。这本书完成了我的心愿，我把父亲留给我的那些智慧及美德，把我对犹太家教的体验写了下来，让更多人从中受益。

我即将70岁，这本书就当作是我送给自己70岁的生日礼物。在这本书出版后，我计划做一次“讲好中国故事”的巡回演讲。习近平主席要求我们讲好中国故事，我希望我也能成为一名志愿者。

每个人都会有人生不同的车次及方向，唯有智慧能引领每个人在冷暖世界中走向幸福！祝福大家！

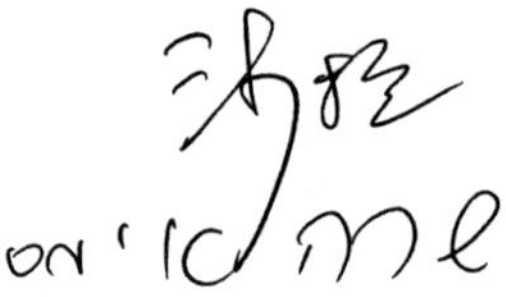